賢治と啄木

米田利昭

大修館書店

目次

一　歌くらべ　3
1「竜と詩人」から　4
2「東海の小島の磯」　21
3「雨ニモマケズ」　37
二　風貌姿勢——招待状と名告り合い——　53
三　青春と東京——精神をつかむ・勉強する——　71
1 啄木の東京は「都府の精神」探しに始まった　73
2 賢治の東京は趣味的喜びに始まる　92
四　日露戦争とシベリア出兵　107

1 「一兵卒」と啄木の日露戦争 108
2 宮沢賢治とシベリア出兵 124
五 天才 153
六 「日本一の代用教員」——教師としての啄木—— 163
七 北方行 201
八 わが従兄とスナイドル銃 215
九 乗る汽車と見る汽車——漱石と啄木と賢治—— 231

賢治と啄木

一　歌くらべ

1 「竜と詩人」から

大正十年八月二十日（家出の年の帰郷直後）の日付を持つ賢治の習作期の童話「竜と詩人」を読む。若い詩人のスールダッタは歌競べの会に桂冠をかち得た。いちばん偉い詩人のアルタはじぶんの高い座にスールダッタを座らせ、これをほめる偈《げ》を唱えて東方へ去る。ところがスールダッタは、あの歌は洞窟に閉じこめられた老竜チャーナタの歌を盗み聞いて歌ったものだとかげ口されて足がふるえ、そういえば洞の上でまどろむうち聞いたような気がする、私は自分を罰しよう、どうか許してほしい、と竜に許しを乞いに来る。竜は、「アルタはどういってお前をほめたか」と聞く。

風がうたひ雲が応じ波が鳴らすそのうたをたゞちにうたふスールダッタ
星がさうならうと思ひ陸地がさういふ形をとらうと覚悟する
あしたの世界に叶《かな》ふべきまことと美との模型をつくりやがては世界をこれにかな

一　歌くらべ

はしむる予言者、

設計者スールダッタ、と、かういふことであつたと思ふ

竜はアルタをほめ、「スールダッタよ、あのうたこそはわたしのうたでひとしくおまへのうたである。」そのときわたしは雲であり風であった、おまえも、アルタがいたらアルタも同じうたをうたったろう、だからあの歌はおまえのうたでまたわれわれの雲と風とを御する精神《こころ》のうただ、と言って、文学上やかましい模倣問題を否定してしまう。こんなふうに模倣者を許せたら、わたしはどんなに気持良かろう。

竜は、お前に贈物をしよう、といって赤い珠を吐く。「その珠は埋もれた諸経をたづねに海にはひるとき捧げるのである」と。スールダッタはよろこび、「わたしはわたしの母に侍し、母が首尾よく天に生れたらばすぐに海に入って大経を探らうと思ふ。」それまで珠をあずかってほしいとたのむ。そして竜と別れるのだが、この話に、啄木と賢治の関係、そして賢治の仕事のほとんどすべてが暗示されていると思う。

後者からいうと、風がうたい、雲が、波が鳴らすうたをそのままうたうとは、賢治

の文学の理想だった。「わたくしのおはなしは、みんな林や野はらや鉄道線路やらで、虹や月あかりからもらってきたのです。ほんたうに、かしはばやしの青い夕方を、ひとりで通りかかったり、十一月の山の風のなかに、ふるへながら立ったりしますと、もうどうしてもこんな気がしてしかたないのです。ほんたうにもう、どうしてもこんなことがあるやうでしかたないといふことを、わたくしはそのとほり書いたまでです。」（『注文の多い料理店』序）と言っているのだから。

理想の世界を構想して、やがて世界をそこへ導く予言者、設計者とは、今日、人間の利益のみを優先させることなく自然との共生を計るエコロジー思想（生態系を守る運動）の旗じるしとなっている賢治その人であろう。自己処罰も、賢治と童話の主人公たちの特徴だし、母への愛も、大経（人間の生き方を定めたテキスト）を探し広めることが人生最後の目的だというのも、そのための自己犠牲も、賢治の生涯の語るところだ。要するに賢治のすべてがこの処女作の中にあるといっていい。

そしてスールダッタを認めてその地位を譲り去りゆく「いちばん偉い詩人」のアルタが、啄木に当るだろう。この話から賢治と啄木の間に幾つかの共通点かつ相違点が見えてくる。一は母への愛。二は自然の尊重ないし歌の作り方。三は理想の作り方をめぐってである。母への愛は同じでも、賢治では少年が母を慕うように、ただ愛している。ジョバンニの母への愛、カンパネルラの母への愛がそれだ。比べて、結婚もした啄木の母への愛はもっと複雑で現実的だ。中学の同級で明治三十七年夏に宝徳寺に二泊した小沢恒一(1)は、「啄木は額の丸い、眼の大きな、口元の引きしまったところなど、お母さんそっくりで、……『一《はじめ》や、一や』と呼ぶ母親の甘ったるい声色は私に深い印象を与えた。」という。

たはむれに母を背負ひて
そのあまり軽きに泣きて
三歩あゆまず

もあるが、むしろ逃れようとしても、どこまでも追ってくるいざりの嫗の姿であり、

「このあいだみやざきさまにおくられしおてがみでは、なんともよろこびおり、こんにちかこんにちかとまちおり、はやしがつになりました。……そちらへよぶことはできませせぬか？　ぜひおんしらせくなされたくねがいます。このあいだ六か七かのかぜあめつよく、うちにあめむり、おるところなく、かなしみに、きようこぼいたちくらし、なんのあわれなこともいます。しがつ二かよりきようこかぜをひき、いまだなおらず、あさ八じで、五じか六かまでかえらず。おっかさんとなかれ、なんともこまります。それにいまはこづかいなし。いちえんでもよろしくそろ。なんとかはやくおくりくなされたくねがいます。おまえのつごうはなんにちごろよびくださるか？　ぜひしらせてくれよ。へんじなきとはこちらしまい、みなまいりますからそのしたくなされませ。はこだてにおられませんから、これだけもうしあげまいらせそろ。」

という手紙をよこす母である。夫婦の寝室に入ってくる母。啄木病あつく、施療の病院を見つけたから一刻も早く入院するようにと知らせた佐藤真一に、母も死の床にある、その母をおいて自分一人入院するわけにはいかないとことわりを言う啄木である。そういう現実的などうにもならぬ母と子だった。

風の歌うままをその通りに歌う賢治。自然尊重は啄木も同じだが、このことは二人の文学の作り方の違いを考えさせる。啄木の歌は『明星』『スバル』の人々との交流から生まれている。具体的には晶子や白秋から。小説は独歩や二葉亭から生まれている。文学は文学から生れる。しかもその伝統を批判し改変しようとする（歌の三行書き、ローマ字日記など）。賢治では文学は自然の直接の模倣だから、他の文学とは関係ない。伝統のない素人の文学としての長所と欠点を持つ。独創と、わかりにくさだ。孤独な推敲の努力には敬服するが。

これを言い換えると、啄木では、

ふるさとの山に向ひて
言ふことなし
ふるさとの山はありがたきかな

のように小なる人間が大なる自然と向きあうが、賢治では自然と人間がまじりあう。井上ひさしはこのまじりあい、互いに領域を侵しあうところに賢治独特のオノマトペが生ずると言っている。

最後に賢治の場合、人間の理想は既に大経に書かれてある。ただ経の読み方一つでどうにでも融通がつき、新時代に適応してゆくが。啄木では、他を批判することで理想を書き換え、自力で新しく理想を作ってゆく。こんな違いがあるだろう。

＊

啄木はリアリズムの文学、賢治はシュール・リアリズムの文学と言ったのは黒井千次だ。なるほど同じ岩手山を歌っても、

ふるさとの山に向ひて
言ふことなし
ふるさとの山はありがたきかな　（啄木）

啄木を読めば読者は自在に美しく均整のとれた故郷の山をそれぞれに描くことができるが、

そらの散乱反射のなかに
古ぼけて黒くゑぐるもの
ひしめく微塵《みじん》の深みの底に
きたなくしろく澱むもの
（賢治）

硬質な言葉と光りで、宇宙から覗いて見たように、しかも凸型を逆にえぐるように造形している。時代の好みがシンメトリーからデフォルメへ移ったとされる今日、賢治の方が人気を博するのだろうか。

平岡敏夫(2)は革命や民主主義の色あせた今日、「革命的民主主義の詩人」ということでは最早啄木をすくいとれなくなった。「大なる神才《ジニヤス》は短かき伝記を有す」と言った透谷をはじめ独歩や芥川らと共に、文学史上の夭折天才のイメージですくいとれないか、と言った。

それらもあるがわたしは啄木は、自然を守れと言った反文明の詩人として評価できるのではないかと思う。エッセイ「一握の砂」（「一握の砂」は歌集の題だけでなく、啄木お気に入りの言葉で、彼は二度も同題のエッセイを書いている。その一つ明治四十年九月）にいう、

「かくの如くして、かの小児の心の全たく死し尽したる時、人は之を称して成人したりと謂ふ。小児は成人の父なりとは湖畔の詩人が歌へるところなりき。然《しか》れども之を今の世に見るに、人は成人たらむとして先づ小児を殺さざるべからず。噫《ああ》、神は小児を作りき、然れども人は成人を作りぬ。」

小児の心、人間の自然性をこそよしとする。湖畔の詩人ワーズワースと共に、小児こそ成人の父、つまり人間の基本となる、あるべき姿だという。

「自然は人類の父母なりき。哀れむべき父母は今随所に其愛児のために手を咬まれつつあり。人は自然を殺戮《さつりく》し了らむとして、先づわが小児の心を殺し尽す。噫、これ豈《あに》最も憎むべき反逆ならざらむや。」

人類が自然を殺し尽そうとしているのは、自然に対する憎むべき反逆だ。だから我等は反逆の反逆、正しき反逆をこそしなければならない。

故郷の林が養ったのか、文明の大都会で成功できないという逆境が養ったのか、啄木には、文明の暴力から手つかずの自然を守れという考えがある。猿と人の争いでも、猿からいろいろと批判された人間が、ようし、世界中の森林を伐り尽したらお前の栖《すみか》はなくなるぞ、と脅すと猿が、「噫々《ああ》、汝は遂に人間最悪の思想を吐き出せり。」と言う、

「汝等は随所に憎むべき反逆を企てゝ自然を殺さむとす。自然に反逆するは取りも直さず之れ真と美とに対して好悪なる殺戮をなす也。汝等は常に森林を倒し、山

を削り、河を埋めて、汝等の平坦なる道路を作らむとす。然れども其の道は真と美の境――乃ち汝等の所謂《いはゆる》天に達するの道にあらずして、地獄の門に至るの道なるを知らざるか。」

これは反近代の思想だろう。北海道時代のことを書こうとした小説「菊池君」では、一ヶ所に長く、特に順境の中では長く落ちついていられない気持を、「自ら死ぬ風の心」と言った。

「世が日毎に月毎に進んで、汽車、汽船、電車、自動車、地球の周囲《まはり》を縮める事許り考へ出すと、徒歩で世界を一周すると云ひ出す奴が屹度《きっと》出る。――詰り、私の精神《こころ》も、徒歩旅行が企てたくなつたのだ。喧嘩の対手が欲しくなつたのだ。」

制度への冒険の理由に文明への反逆を持ち出すほど、啄木においては両者は同じだった。

賢治が啄木の反対のために持ち出す汽車などに反対でないことはいうまでもない。虔十が杉を植えた「虔十公園林」の林も、鉄道が来、駅が出来ていつか町の中になる。賢治少年自身も山林または海浜に工場を建て、木材を乾溜してアルコールを採ったり、鉱石を買い集めてイリジウムその他を採ることを夢見ていた。啄木が社会の圧迫に抗して、手つかずの自然を守れと言ったのは、単純だが力強い。今日のように文明の害毒を止めようとする時代の役には立たぬものか。

＊＊

綱島梁川が死んだ時、啄木は北海道にいてその追悼文を北門新報に書いたが、それにふれて吉田精一がこう言っていると、新潮文庫『石川啄木集』の解説に古谷綱武が吉田の説を引いて、言っている、

「綱島梁川は、明治三十六年から四十年にかけての日本の『思想界の思潮を代表し、青年が憧憬《どうけい》渇仰を一身にあつめた。ひとたび無限に拡大された自我が、その内《ない》訌《こう》につかれて人生の行路難を嘆じる時、すがらんとする最後の境地は宗教である。

啓蒙《けいもう》時代にわずかに発生心理的に解釈されて余喘《よぜん》をたもった宗教の本質がここに見直され、自我の葛藤《かっとう》になやむ青年達は相ひきいてこの門に走った』(吉田精一)

啄木もまた、このような時代思潮の影響を受けたひとりなのであろう。」

と。自我の拡大は明治大正の青年たちの理想だったが、とくに日露戦争後、拡大され行き詰まった自我のゆくえは宗教であった。その代表が梁川であった。啄木は『あこがれ』を懐に梁川を尋ね、以後も啄木によると親書の往来があり、敬慕はしたが、帰依はしなかった、という。何故か。生命に二つの欲望がある、自己発展の意志と自他融合の意志と。梁川はその一方に立ち、自分は他方に立つ。人生の両面を包有するのは偉大なる人格、天才に限られる、と。

「一切を疑ひ尽して、然も遂に疑ふ能ざるものあり。自己の存在即之也。」

という啄木にとって、自己犠牲の宗教へいくことはできなかった。以後の啄木の足どりは、自己拡大を極限までおしつめてゆくと自己破壊になると身を以て体験し（ローマ字日記の頃）、やがて当時の最も恐るべき世論である「国体」（天皇制）を批判することを通して、自己発展と自他融合を一つにする道を択ぶ（大逆事件以後）。いわば近代の自我を社会改造の方向へ超えようとした。
　宗教へいったのは啄木より十歳若い宮沢賢治だった。

世界がぜんたい幸福にならないうちは個人の幸福はあり得ない
自我の意識は個人から集団社会宇宙と次第に進化する
この方向は古い聖者の踏みまた教へた道ではないか
新たな時代は世界が一の意識になり生物となる方向にある
正しく強く生きるとは銀河系を自らの中に意識してこれに感じて行くことである
われらは世界のまことの幸福を索ねよう　求道すでに道である
（農民芸術概論綱要、序論）

あるいは「まづもろともにかがやく宇宙の微塵となりて無方の空にちらばらう」（同、農民芸術の綜合）と言うのだから。

啄木より十九歳年上の夏目漱石が近代的自我の必要とその超克とを生涯のテーマとしたことは周知だろう。「私の個人主義」（大正三年）に言う、自己の個性を発展させることは大事だが、それをしようと思うならば、他人の個性も尊重せよ。権力や金力には責任が伴うと覚悟せよ。これを漱石は、人格の支配を受ける必要がある、とも言った。自由を行使する人間の内部に、自己を規制する倫理を要求したのだ。

三人三様に近代の自我を超えようとしたが、中でも啄木と賢治は正反対である。啄木は他人を批評することを通してあるべき明日を考察する。賢治では一人一人が宇宙の真理と向き合ってひたすら高まろうとするのだから、他人の批評などはするな、ということになる。

或る本の或る頁(3)に二人の言葉が並んでいた。

明日の考察！　これ実に我々が今日において為すべき唯一である。

そうして又総てである。　　　　啄木

宇宙は絶えずわれらによって変化する
誰が誰よりどうだとか
誰の仕事がどうしたとか
そんなことを言っているひまがあるか、　　　　賢治

賢治にも矛盾がある。みんなの本当の幸せを求めるとは、現実そのままの肯定になりかねない。(4) したがって、それを強行するのは、あまりにいい子すぎる。啄木から賢治へ移った流れが、還流し、啄木が見直される時代も来るのではなかろうか。

（1）小沢恒一「ユニオン会と啄木」（岩波書店版新書版啄木全集別巻『啄木案内』一九五四）
（2）平岡敏夫「啄木——近代文学における位置」（『短歌』一九九五年四月号）
（3）『ことばの花束』（岩波文庫）四十二頁。ただし「宇宙」は「宙宇」とある。他の本によっ

てなおす。「ひまがあるのか」とある本もある。なおさず。

（4）みんなの本当の幸せを求めるとは、例えばシマウマを食うライオンの幸せと、ライオンに食われるシマウマの幸せが一致するということだろう。井上ひさしも畑山博も自然の大循環に従うということでこれを肯定するようだが、現実には、時を狭くとると、ライオンとシマウマの幸せは一致しない。

2「東海の小島の磯」

一代の才人でチャタレイ裁判や『日本文壇史』等の著者の伊藤整が、自らこれは面白いと言うのだから、面白いに違いない名著『我が文学生活I』（昭和二九年　講談社）の冒頭は、「ツルゲエネフのこと」である。彼の「猟人日記」はロシア人の色々な性格や境遇の見本を並べたような作品だが、中で地主や貴族を描いた部分と、小作人や貧民を描いたものとを比べると、前者は感動を与えず、後者の方が断然面白い、という。

その理由は、読者の我々が、古いものの崩壊ということに感動のきっかけを持てなくなっているせいかも知れないが、あるいはツルゲエネフその人がそういう性格を描くに適しないからかも知れない。トルストイでは、貴族達がもっと人間らしくはつらつと現れているし、チェエホフでもほろびる階級人の性格はもっと強烈にとらえられている。ところがツルゲエネフでは「小作人たち、たとへば『蚤』といふ名の独りものの老人、『歌うたひ』の中に現はれる四五人の細民や市民、『あひびき』の青年と少女等は実に立派である。それはツルゲエネフの自然描写と共にそれとよく適応しながら、素晴らしい人間像となってゐる。」ツルゲエネフが作家として力を振うのは、自然と人間とがとけ合って一つになったような場面、例えば「歌うたひ」の結末がそれだ、と以下に紹介する。歌い手の競争に立ちあって深く感動した「私」が、夕方野原を歩いて帰る所で、暗がりの中で叫ぶ子供の声を聞く……

「夕暮れの渺茫たる波に包まれて、野は一層はてしない感じを増し、黝ずんだ空と溶け合ったかのやうに思はれた。私は谿沿ひの道を大股に下りて行った。と、不意にどこか遥か野の彼方からよく透る男の子の声が聞えて来た。『アントロプカ！アントロプカーアーア！』と最後の一音を長く引きながら、片意地らしい、今にも泣き出しさうな自暴半分の声で叫んでゐる。

子供は暫く黙ってゐたが、やがてまた叫び出した。その声は、ぢっと静まり返ってうつらうつらまどろんでゐる空気の中に、はっきりと響くのであった。ものの三十遍ぐらゐアントロプカの名が呼び続けられた。すると、不意に野原の違った方角から、やっと聞き取れる位な声が、まるで別の世界からでも来たもののやうに伝はって来た。

『なんだーあーあい？』

男の子の声はすぐに応じて、嬉しい中にも癪に触るやうな調子で呶鳴った。

『こっちい来やがれ、畜生、狐憑きいーい！』

『なぜにゃあーあーあ？』

『なぜも糞も、阿父が手前を打ちのめしてくれるとよう！』と初めの声が急いで喚き返した。

向ふからの声はもうそれきり応へなかった。で、男の子は又もやアントロプカを呼びはじめた。もうすっかり暗くなってしまふまで、その叫び声はだんだん間遠に、だんだん微かになりながらも、やはり私の耳に聞こえて来た。やがて私はコロトフから四露里はなれた所で、自分の持ち村を取り巻いてゐる森の端れを廻った……

『アントロプカーアーア！』　夜の影に充たされてゐる空気の中に、尚もかういふ声が聞えるやうに思はれた。」

これが「歌うたひ」の結末で、この日「私」はコロニフカ村の居酒屋で、近在の歌の上手として知られている「請負師」とヤアコフとの歌くらべを聞き、ヤアコフの歌にすっかり感動した。「『私』は『涙が胸に煮え沸り、眼がしらに湧き上がって来るのを覚えた』し、居酒屋の細君は『胸を窓に押し当て』ながら『低い押し殺したやうな咽び泣き』をしてゐた。『眼んばち』は顔を反け、『百姓』は、『悲しさうに呟きながら頭を振って』啜り泣き、『暴れ旦那の鉄のやうな顔にさへ、すっかり八の字に寄せてしまった眉の蔭から、重重しさうな涙の露がぼろぼろと流れ落ち』た。競争相手の『請負師』は『握りしめた拳を額に当てたまま身動きもしなかった。』」そういう場面から出て来た「私」が、夜のせまる平野を自分の村の方へ歩きながら、ふと子供の叫び声を聞くのだが、最後に「私」の心に残ったのは、ヤアコフの歌声ではなく、この「アントロプカーアーア！」なのである。

こう全体を説明しながら、伊藤整は、いかにもそれは有り得る、あまりに強い感動から解放された心には、夕闇の中の子供の声がしみ透る。この一点景は、実にこの作品の感銘を深めている。読んでここへ来る度に「ツルゲエネフはいいなあ」と言わずにはいられない、とほめながら同時に伊藤は、もしも「私」が充分に描かれ、「私」と周囲の人々との心的交渉が描かれていたら、この「歌うたひ」を含む「猟人日記」全体が、短い笛の音の繰り返しの代わりに、巨大な交響曲となって、読者をも巻き込み、作品に接する以前と以後とを「違った存在たらしめることもできたであらう。」と言う。

なるほど批評とはこういうものかなと感動しながら、昔の（そして今も）単純な僕は、いかにも広大なロシアの夕暮れの曠野に響き渡る、「アントロプカーアーア！」そのものに感動した。単純で力強い一つの歌として。日本の歌ではとてもこうはいくまいと思って。

実は日本の歌の例として、石川啄木の、

東海の小島の磯の白砂に
われ泣きぬれて
蟹とたはむる

と、宮沢賢治の「雨ニモマケズ」を考えていたのだ。

「東海の」については、これまで「あの有名な」ですませるか、「東海の小島の磯」とはいったい何処なんだ、という土地の詮索に追われてきた。これは「啄木研究家」岩城之徳を中心に、啄木の歌は体験した事実をそのまま歌ったものという立場から、（これは言うまでもなく、歌は日常の事実を歌うものというアララギ派の考えの影響を受けている。）啄木の歌の背景、むしろ素材の特定こそ天才の所行を明らかにするものと考えて盛んになった。(1) この歌についても岩城は、啄木自ら言うように海に親しんだ函館の大森浜と断定、これに対して啄木の女婿石川正雄は、大森浜には「蟹は一匹たりとも生棲していない」と言う。（これは面白い。研究者への研究者風遺族の憎しみ。対象が「天才」でなく、また遺族が普通の庶民だったら、まあ、今でもあの子のことを思って居て下さる方があるの、と涙を浮かべる場合もあるのに。）

最近の天野仁『啄木の風景』[2]は、これは明治四十一年六月二十四日の朝に本妙寺を散歩中に作った歌だから、その時啄木は墓地に蟹を見つけて戯れたろう、自分も少年時代淀川近くの墓地で蟹を見つけた経験がある、その上で「東海より」の東海、世界の中の日本を脳裏に歌ったものだ、と言う。なるほど日記と「歌稿ノート」を付き合わせればそうなのだが、いくら明治の末でも本郷の寺に蟹が居たか疑問だし、墓地と海のイメージは重なりにくい。岩城と共に歌は体験の写実という考えにとらわれている。

岩城の方法の亜流は、郷土主義エゴイズムに結びつく。つまり何でもおらが県に持ってきてしまう。青森の川崎むつをは、「東海の小島」は下北半島の先端大間岬の先の弁天島という小島だという。[3]しかし啄木が函館から行った可能性があるというだけでは無理だろう。ましてや潮流荒く船もつけにくい所だという。――その後川崎は、啄木は明治三十五年七月に中学でカンニングが発覚し、保証人が召喚され遣責されたため、死を思って大間岬まで徒歩旅行したと想像する。ただし証拠はない。（これは少しおかしい。明治三十五年は十月に彼の歌が石川白蘋《はくひん》の号で一首、『明星』に初めて採られたのだ。）

血に染めし歌をわが世のなごりにてさすらひここに野にさけぶ秋

「野にさけぶ秋」という結びが『明星』調だが、啄木の生涯を予告するような素晴らしい歌だ。このたった一首を引っ提げて東都歌壇を席捲すべく、十月三十一日夕刻、恋人と大勢の友に見送られて勇躍、盛岡駅から上京するのだから。この光景と川崎の言うことが合わないのである。いやいや川崎は言うかも知れぬ、死のうとして大間岬へ行ったのは七、八月、そこで、

頬につたふ
なみだのごはず
一握の砂を示しし人を忘れず

という事件があり、結局、

大といふ字を百あまり
砂に書き
死ぬことをやめて帰りきたれり

となったのだ、上京は十月末ではないか、と。しかし、海へ行ったとしても大間岬とは限らない、遠すぎる、たとえ母方の祖父が野辺地にいたとしても。第一「血に染めし」の歌は、野をさすらうというので、海のイメージとは関係ない。『一握の砂』巻頭の海の歌一連は、過ぎ行く青春そのものを総括したもので、何も明治三十五年、十六歳の中学中退生のものではない。そのことは、

砂山の砂に腹這ひ
初恋の

一つを見てもわかるだろう。

その地に歌碑まで建てたという川崎むつをに悪くこだわったが、無論「東海の小島の磯」を特定すべきでないという意見もある。桂孝二は、「海は大海であり、そこにすむ鳥や魚は無限の生命をもつ」、一方砂浜はいのちなきもの、人間は命はかない存在だ、[4]という。宮崎郁雨は、蟹は「彼の個性であり、自我であ[5]」るという。これらに近く今井泰子は、「東海の小島に小さい場所を、白砂に空白感を、蟹にささやかなものを表徴[6]」したとする。事実の詮索に終始する岩城への反措定だろうが、何は何の象徴と、全てに割り振るのは、無意味だ。

玉城徹の解はよく言えば特異なもの。「啄木は奴隷的国民のために涙をながしたのだ。『思想歌』である。むろん、生きた蟹が本当に出て来たわけではない。『蟹』とは『蟹行の書』つまり横文字の本のことを言っているのだ。そんなものを読んでみても、奴隷的同胞をいかにする力も自分にはない。有閑階級の自己満足にすぎない。『たはむれ』だと啄木は歌ったのである。[7]」という奇妙奇天烈なもの。この啄木は玉城君かも知れない。原書などほとんど読めぬくせに、たまたま金が入った時衝動的に買ってしまう啄木。「われ泣きぬれて」が馬鹿にしている国民のために泣いたとは、どう考えても無茶だろう。

では、どう考えたらいいのか。この歌は啄木の数ある歌を代表するばかりか、彼の生涯を代表する歌として人々に記憶され、「東海の…」といえば啄木、啄木といえば「東海の…」となった。何時、誰によってかといえば、生存中、啄木本人によってである。歌稿ノート『暇ナ時』の最後の頁、つまり反対側から書く際の第一頁には、この歌が彼の特徴ある字で五行に一頁大に書かれているし、自選歌を求められる度に彼がこの歌を選んだことも知られている。その結果、作者のイメージと一体の歌となった。

この歌は、詩人自身が白砂青松の美しい浜べで感傷しつつ蟹とたわむれ、偉くなろうとして偉くなれない己れを怒り、嘆き、悲しみ、そして遂に笑っている、想像の世界と見ていいのではあるまいか。何故なら、周知のことだが、

「昨夜枕についてから歌を作り始めたが、興が刻一刻に熾んになって来て、遂々徹夜。夜があけて、本妙寺の墓地を散歩して来た。たとへるものもなく心地がすがすがしい。興はまだつづいて、午前十一時まで作ったもの、昨夜百二十首の余。」（明治四十一年日誌、六月二十四日）

の一首なのだから。そして後に考えると、

「私は小説を書きたかった。否、書くつもりであった。又実際書いても見た。さうして遂に書けなかった。其時、恰度夫婦喧嘩をして妻に敗けた夫が、理由もなく子供を叱ったり虐めたりするやうな一種の快感を、私は勝手気儘に短歌といふ一つの詩形を虐使する事に発見した。」（弓町より、明治四十二年十二月）

という状況の中で書かれた短歌の一首なのだから。しかし、だからといってこの歌は、或る限られた一時期の啄木の感懐というものでなく、その生きざま故に挫折の連続だった彼の全生涯を凝縮したものとなった。つまり彼が最後までこだわった自我そのものの歌である。（宮崎郁雨と一緒とはおかしいが。）

僕は他説を殆ど愚説と罵りながら、こんな痴説を抱いてみることもある。それは「東海の」の歌の「東海の」という言葉は、上の天野仁にもあったが、その前に諸家も触れ、沢地久枝は原本を愛読したと言う、ヨネ・ノグチ（野口米次郎）の英語詩集『FROM THE EASTERN SEA』（東海より）から来ていることは明らかだ。そしてこの詩集は実に婚約時代（正式にはまだだが）の節子から贈られて来たものなのである。「詩談一則（『東海より』を読みて）」（「岩手日報」明治三十七年一月一日）は、こう始まる。

「白百合の君より送られて、沸る湯の音爽かなる草庵の窓に繙きたる英詩『東海より』の一巻こそ、実にいみじくも我近来の詩観を誘ひたりしか。洋濤万里の彼方、遠く英米の天地に長嘯して、著者野口米次郎氏が青春の情懐を迸写したる者三十有六篇、之を読む事幾許ならずして幽妙の詩趣紙上に溢れ、胸底朗然として清興また一点の俗念を止めざるに似たり。」

野口が米英で如何に高く評価されているか、その詩体、内容を紹介し、英の一誌はこれを欧米文明が日本に及ぼした感化の現れと言ったが、予（啄木）は寧ろ「英語てふ仮面を用ひて、日本民族の特性を世界に鼓吹す」と言う方が当たっている、「優秀なる我民族の世界に於ける精神的勝利の第一階梯」と言うことさえ出来る、こういう民族的「信仰と芸術との融合は」リヒヤード・ワグネル（当時啄木が熱中していた）の楽劇に好模範がある。予も北米へ行きヨネ・ノグチと握手する、その前に旧稿なる「蟹行の一詩綴」を修してパシフイック洋の彼方に吼々の声を挙げさせたい、と希望乃至はったりを述べた。日露戦争の前夜だった。これを送ってきた「白百合の君」こそ新詩社風に呼んだせつ子（当時の表記）で、この論の発表された一月後、二人は正式に婚約した。だから啄木が「東海の」を愛惜し、特に「白砂にわれ泣きぬれて蟹とたはむる」には、婚約時代の節子の白い胸のイメージがあったのではないか、というのが諸家の愚論に劣らぬ僕の痴論である。

ロシアの曠野に響き渡る「アントロプカーアーア！」に比べて、啄木の歌は「東海の」と広い所から「小島の磯の白砂に」とだんだんと狭くなり、遂には泣きぬれる「われ」と蟹だけになってしまう、狭いものだと言いたかった。実は宮沢賢治の「雨ニモマケズ」にも触れたかった。地球の上皮をぐるぐる廻るだけのアメリカの宇宙船でなく、「銀河鉄道」という大銀河宇宙の旅から地上に戻って、さて自分には何が出来るかを想像したものだった。

（1）岩城之徳『名歌鑑賞　石川啄木』（一九七九、講談社学術文庫）その他岩城のものは沢山あり、どれも大同小異である。
（2）天野仁『啄木の風景』（一九九五、洋々社）
（3）川崎むつを「啄木の東海歌の原風景と意義」（『新日本歌人』一九九五年十月号）その他
（4）桂孝二『啄木短歌の研究』（一九六八、桜楓社）
（5）宮崎郁雨『函館の砂』（一九六〇、東峰書院）
（6）今井泰子『日本近代文学大系』（一九六九、角川書店）の補注

（7）玉城徹「啄木の一首鑑賞」（『短歌研究』一九八六年二月号）

3「雨ニモマケズ」

雨ニモマケズ
風ニモマケズ
雪ニモ夏ノ暑サニモマケヌ
丈夫ナカラダヲモチ
慾ハナク
決シテ瞋ラズ
イツモシヅカニワラッテヰル
一日ニ玄米四合ト
味噌ト少シノ野菜ヲタベ
アラユルコトヲ
ジブンヲカンジョウニ入レズニ

ヨクミキキシワカリ
ソシテワスレズ
野原ノ松ノ林ノ蔭ノ
小サナ萓ブキノ小屋ニヰテ
東ニ病気ノコドモアレバ
行ッテ看病シテヤリ
西ニツカレタ母アレバ
行ッテソノ稲ノ束ヲ負ヒ
南ニ死ニサウナ人アレバ
行ッテコハガラナクテモイヽトイヒ
北ニケンクワヤソショウガアレバ
ツマラナイカラヤメロトイヒ
ヒデリノトキハナミダヲナガシ
サムサノナツハオロオロアルキ

ミンナニデクノボートヨバレ
ホメラレモセズ
クニモサレズ
サウイフモノニ
ワタシハナリタイ

この宮沢賢治「雨ニモマケズ」については、谷川徹三と中村稔の論争が有名で、佐藤通雅にその要約もあるが、わたしも自分なりに読み返して見よう。谷川の「雨ニモマケズ」は、「昭和十九年九月二十日、東京女子大学における講演」で、戦後『宮沢賢治』として要書房の要選書に入った。今は法政大学出版会から出ているという。これは、「演題は『今日の心がまえ』となってをりますけれども、実は一人の人に就いて、……特にその一つの詩に就いて私はお話したいのであります。」と始まり、「明治以後の日本人の作った凡ゆる詩の中で、最高の詩であると思ってゐます。」精神の高さに於いてこれに比べ得る詩を知らないから。詩の出来た情況、病後、仕事の用で東京に出て発熱して帰宅、病臥して十一月三日に——「明治の私共には、忘れることのできない天長節の日であります」——心の奥の願いを自分に言い聞かせる、「人に見せるといふ気持は少しもない。」「全く自分のためだけに書いたもの」という。そして例の下根子桜の活動を農民の為の献身と解釈し、第一にこの人の詩には「星雲」がある。形而上学や科学を含む大宇宙的感覚と名づけてもよろしい。それが日本文学に現れた。と言って、あの、dah-dah-dah-dah に始まる「原体剣舞連」を「踊りを踊りとしてだけとらへてゐない。周囲の自然と呼吸を一つにしたものとしてとらへ」その自然も「大宇宙の運行と呼吸を一つにしたものとしてとらへてゐる」、これが大宇宙的感覚だという。

第二は賢者の文学。武者小路実篤に面影を見ることのできる生活者としての面目。第三は地方文学としての役割。こうして、「明治以後われわれは幾多偉大な文学者達をもちました。しかし、その人の墓の前に、本当にへりくだった心になって跪きたいといふ人を私は賢治以外にもたないのであります。」人々の思っているより遥かに偉大な人であることを信ずるが、その私の思っているより実際はもっと偉大な人ではないか、と言う。

「今日の心がまへ」に戻ると、異常時には平常時の心が大切。「ミンナニデクノボウトヨバレ」るような人が偉い人にならねばならない。そういう人は歴史に数知れずいたろうし、今もいるだろう。しかし、と谷川は言う、無意識は否定のない状態で、否定はいわば鍛えでありますす、「雨ニモマケズ」は賢治の内心の祈りだった、と。

小泉八雲もベルツも夫人は日本人だった。彼らは日本の婦人に就いては悪口は一つも言ってない。そこに日本の女性文化の優れた伝統がある。賢治の「サウイフモノ」は、その伝統の中の「婦人の謂はば純粋型とせられてゐるものに甚だ近い」と言って、講演を終わっている。

わたしは、これが当日の講演そのものだったか、を疑う。十九年九月も末ならば、日本軍の劣勢は明らかだから、それだけにいっそう米英撃滅へ向かって一億一心大御心を安んじ奉らん、とか、山本元帥の仇を討つぞ、とか、銃後女性の鏡となるようにとか言わないと講演そのものが成り立たない時代だった。これでは外人の細君になったた方がよいくらいで、講演中止と騒ぎだす教員が居たかも知れない。いや既に授業はなく、連日工場への勤労動員で講演の時間がとれなかったろうと思うのだ。わたしの経験でも、旧制佐賀高校生だったが長崎の三菱造船所へ佐高生と五高生が勤労動員に行き、そこへ五高の高木市之助教授が来て万葉の話をすると言っても、夜分汚い寮の一室に有志の者が十人ほど集まる程度だった。谷川の講演もその程度ではなかったか。

これに対して中村稔の「『雨ニモマケズ』について」は、今では『定本宮沢賢治』（増補版は昭和四十一年　芳賀書店）に収められているが、初出の時と所はわからない。こんな風に始まる。

くらかけ山の雪
友一人なく
同志一人もなく

と書いて、三行目は消した。のぞみを託するものを探しあぐねている。同じ手帳の、「雨ニモマケズ」より約三十頁程度前（実際は二十頁程後）にあり、「羅須地人協会の失敗がもたらした賢治の孤独と無力感」を見る点で「雨ニモマケズ」も同様なのだ。だから「雨ニモマケズ」は「賢治のあらゆる著作の中でもっとも、とるにたらぬ作品のひとつであろう」と言う。

「雨ニモマケズ」はつづいて「風ニモマケズ」と対比されることによって、ともに具体的な現実感をうしなっている。

「雨ニモマケズ、風ニモマケズ」の詩句が、スローガンのように流行することは、この詩句の観念的な欠陥に因っている……

この詩句の意味するところは、……「丈夫ナカラダ」の修飾句であるのだが、……語勢がつよすぎるために「雪ニモ夏ノ暑サニモマケヌ」の次句をかえって弱くひびかせ、逆にこの「雨ニモマケズ、風ニモマケズ」を浮き上がらせている。

こういう具体的な詩句の批評をさせると、この人は目茶目茶力を発揮する。この詩に多い対偶法について、

「こうした修辞法ほど『春と修羅』の宮沢賢治と無縁だったものはない。『春と修羅』における賢治はとどまるところを知らぬ大河の奔流のように、かくれた魂の自然の襞をさぐり、暗がりをあかるみにだし、へりくだった低いつぶやきからたかぶった叫びまで、あらゆる振幅をしめして飽くことを知らなかった。そこでは修辞などという作業がはいりこむ余裕はなかったのだ。詩人はその魂の動揺をそれほどに忠実においかけたのであり、そのためにこの詩集は、あたらしい言葉の戦慄をみつけだしたのであった。」

ところが「雨ニモマケズ」では詩人の魂は振幅を止めてしまった。だから古い技法が出てきたのだ、という。

しかし中村稔もまた、農民の救済者賢治の像から自由でない。どころか最も熱烈に

農民に献身した際の賢治を掲げ、「ヒデリノトキハナミダヲナガシ」「サムサノナツハオロオロアルキ」が理想像だと云うなら、羅須地人協会の賢治の働きはそんなものでなく、岩手の農民そのものだった。「それほどまでにうちこんだ羅須地人協会の賢治ほど、その理想像から遠いものはない。」「この作品は賢治がふと書きおとした過失のように思われる。」

しかし、と中村はいう、「この作品がある異常な感動をさそうものをもっていることは否定できない。」それは、「丈夫ナカラダヲモチ」のゆるやかな転調の「背後に僕は賢治のふかい悲しみとやりばのない焦りをみる思いがする」。「……野原ノ松ノ林ノ蔭ノ　小サナ萱ブキノ小屋ニヰテ」の「この作品唯一の抒情的旋律は、羅須地人協会出発当時の希望にあふれた明るい生活が、その背後に回想されているように感じられてならない」。

回想は羅須地人協会の挫折と、もう同じ方法ではどうにもならない壁に賢治が突き当たっていた。それは東北農村の貧困ばかりか、賢治自身に由来していた、と。ここはわたしにはよくわからないが、最後に賢治が死ぬ十日前の柳原昌悦宛の手紙で、空想生活者の苦しみを挙げているところ、中村は羅須地人協会が賢治に報いたもの、憂悶と悔恨と解釈し、それが「雨ニモマケズ」の異常な現実感だといったが、わたしはこれは啄木と全く同じだ、若き文学生活者に共通した自己反省、いわば文学そのものが成り立つか否かのアポリア（難問）と思われた。

さて谷川徹三はこれに対して「われはこれ塔建つるもの——宮沢賢治の世界」を『世界』昭和三十八年一月号に出した。元は中尊寺の詩碑建立記念講演だという。詩「手は熱く足はなゆれど」を含む詩篇「疾中」を、これまでの心象スケッチとも、社会的感情の或る傾斜をはっきり示したものとも違って、「宗教的感情のあからさまに出ている秘かな祈りや自戒のつぶやき」で、絶望や自嘲、暗い気分のものが多いが、中で「われはこれ塔建つるもの」だけは例外で「大きな自己肯定の詩」だ、それでいて「雨ニモマケズ」と同系列だ、と「疾中」論は続くが、それは中村を叩くためだった。

「もっともとるにたらぬ作品」と言う男が、「異常な感動をさそう」等と言うのは矛盾だ。中村は一つの思想的固定点をつくり、その上に立って「雨ニモマケズ」を否定したが、人間として心を動かされないわけにいかなかったのだろう。羅須地人協会の挫折に憂悶と悔恨を見るというが、詩の評価とかかわりはない筈。結局プロレタリア文学時代の批評で、これで賢治が片づいたと思ったら大間違いだ。

賢者の文学とは「賢治を煩悩の世界と無縁の人とすることではありません。」煩悩に打ち克って来たからだ。デクノボーの理想像は羅須地人協会の挫折以前から賢治にあった。「どんぐりと山猫」「虔十公園林」を見よ。羅須地人協会の挫折がもたらした孤独と無力感なしに、「雨ニモマケズ」は理解できないかも知れない。しかしそれは賢治の存在の意義の確立なのだ。などと云ってから、賢治を詩人、法華経の行者、農業技師、農民の友といった四つの頂点をもった三角錐にたとえられると言って図示し、それぞれの原体験と教養体験を講じ、最後に、

賢治の精神は「まずもろともにかがやく宇宙の微塵となりて、無方の空にちらばらう」というところにあります。ここには大きな使命感に結びついた自信ととも

に、全体の中に自己を没却し去ろうとする深い謙虚がある。自己を没却することが自己を生かすことなのであります。

谷川には「もろともにかがやく宇宙の微塵となりて」という講演もあるが、ここでも「かがやく」とか「自己を生かす」に力こぶを入れている。大正教養主義の残滓だろう。賢治の思想に自己なんてものがないことは、大正七年保阪嘉内宛の手紙（それは未発見だったにせよ）にも『春と修羅』の序詩にも明らかなのに。とにかく自信はあった。「われはこれ塔建つるもの」「雨ニモマケズ」を同系列と考えるのはその故だと、話を終わっている。

中村はこれへの反論を「再び『雨ニモマケズ』について」（上掲書所収）で谷川のは「雨ニモマケズ」の宗教的心情への還元で、文学作品としての評価でない、と言い、谷川は私がこの作品に感動したと思ったらしいが、とんでもない、私の「異常な感動」とは「これほど貧しい作品を書かせるまでに作者をおいこんだ状況の切実さ、つまり伝記的関心に由来している」「この感動は、しばしばわれわれがいわゆる失敗作に対してもつ感動と同種のもの」と言った。

中村は更に「あらためて『雨ニモマケズ』について」(『宮沢賢治ふたたび』一九九四)で、若い時見逃した「イツモシヅカニワラッテヰル」は卓抜、「玄米四合ト味噌ト少シノ野菜」は農民からすれば贅沢。その人間像とは「羅須地人協会の挫折を経て、病床に苦しんでいた賢治が、もう一度やり直すとしたら、このような者でありたいと」夢想した姿で仏菩薩に近い存在だが、菩薩行の行者と知られたくない、デクノボーと呼ばれたいと期待したものという。作品評価は低い呟き、と変らない。

賢治を農民の救済者としていた二人の論争である。

お前の意見はどうなんだ、と問われたので、答える前に吉本隆明の説を紹介しよう。鶴見俊輔、吉本隆明、中村稔三人による鼎談「宮沢賢治の価値」(一九六三年現在では『鶴見俊輔座談・日本人とは何だろうか』晶文社　一九九六年所収)で、「稲作挿話」などを評価する中村、「飢餓陣営」やドラマトゥルギーのある詩を評価する鶴見(だから二人とも「雨ニモマケズ」は評価しなかったり、まっすぐすぎると言う）に対して吉本が、「世の中の生きかたみたいなその意味をとらえないで、またそれを裏づける生きかたそのものがあったかなかったかも抜きにして、一個の作品として見た場合、駄作ですか。」と問い、「東ニ病気ノコドモアレバ」云々を引いて「対象の選択一つをとっても、そうとうな力量のある詩人」で、テクニックがありながら「それをうずめてしまうような、なんかこうストレートな動機があって、それがまたある人を反撥せしめる。あるいは逆にひじょうに傾倒せしめる」と、暗に谷川・中村論争を総括していた。

また最近の『朝日新聞』読書欄の冒頭談話でも、学生自治寮の部屋の天井に「雨ニモマケズ」を貼ってその下に寝ていたことの告白に始まり、詩人の目指す生き方の倫理が一種の「愚」であることと、詩的な力量が並々でないことから、この詩人はたんなる文芸の徒でなく、詩と宗教的境地との融合を認めざるを得なかったという。

佐藤通雅も言うように、このあたりから「雨ニモマケズ」の新たな評価は始まるだろう。

「雨ニモマケズ」について、僕自身は、石川啄木の、

東海の小島の磯の白砂に
われ泣きぬれて
蟹とたはむる

『一握の砂』

と対比して見たいのだ。啄木のこれも啄木を代表する歌である。「雨ニモマケズ」が賢治を代表するように。これは啄木と見られる男が、或る日白砂青松の海辺に来て、その白砂に住む蟹と戯れながら、偉くなろうとして遂になれなかった己を悲しみ、怒り、ついには泣きながら笑う物語である。「我を愛する歌」の小題通り、自己愛の歌である。徹頭徹尾自我至上の、近代の歌である。対して「雨ニモマケズ」は、最初から自己愛を超え、近代を超えようとした男の物語である。彼は他者とつながり、無償の奉仕に生きようとする。意志によってというより、生来の叡智即ち吉本のいう「愚」によって。それは「虔十公園林」ではもっと自然に描かれていた。虔十は縄の

帯を締めてゆっくり歩きながら、風や光りや木の緑の美しさを人々に知らせようといつもはあはあ笑っている。その好きで植えた粘土地の杉林が結果として人々を喜ばすのだ。また気ままな一人暮らしこそ賢治の理想だった、「セロひきのゴーシュ」も「ポラーノの広場」でも。とすると、気ままと好きと奉仕が別の事ではなかった。しかも「サウイフモノニワタシハナリタイ」と締めくくる。彼が習作「竜と詩人」に予告した「あしたの世界に叶ふべきまことと美との模型」、ポスト近代の詩である。

（追記）ひと頃「ヒドリかヒデリか」論争が行われた。というのは賢治自筆の手帳には確かに「ヒドリノトキハナミダヲナガシ」とあるので、日傭取りの日にはという解釈が生れた。しかし同じ手帳にある芝居筋書き「土偶坊」（ワレワレカウイフモノニナリタイと傍書あり）の「第五景　ヒデリ」である。ヒドリは問題にならない。

二　風貌姿勢

——招待状と名告り合い——

1

わたしはその人たちに直接会ったことがないので、彼らの写真を見、彼らに会った人の話を聞いて想像するしかない。その人たちとは、賢治と啄木である。

例の野原をぶらついている賢治の写真、冬帽をかぶって、厚手のオーバーコートを、だらしなく着て、襟を立て、手は後ろへ廻し、前かがみにうつむいて、足許より少し先の地面を見ながら歩を移す。野原と見たのは早春の田んぼらしく草はなく畔が見える。思いにふけっているようにも見え、いかにも賢治らしい写真だ。

この写真をのせた『新修宮沢賢治全集』第二巻の口絵説明には「大正十五年頃の賢治（花巻農学校付近にて）」とある。『新潮日本文学アルバム・宮沢賢治』も口絵にして、説明に「大正十五年、花巻農学校付近の田に佇つ賢治　この年三月、農学校を退職し、羅須地人協会を開設した」とある。本の内部にも同じ写真を出し、これは「『大正十五年三月廿日　宮沢賢治』と自署して教え子沢里武治に与えた」ものだという。さあ、これから教師をやめて一人立ちする、農民芸術学校だ、やりたいことは沢山あるが、金が必要になったら、父の援助を受けねばならないな、と思っているところだろうか。この年一月から三月までは短期間の農村青年学校、デンマークを手本にしながら国粋主義的色彩の強い国民高等学校が開かれ、彼はその講師も兼ねて農民芸術の講義もしたので、そのことを考えていたのだろうか。いずれにせよ満で二十九歳の筈だが、古けて見える。

もう一つ誰もが知っているのは、横向きの椅子に腰かけて、上体と顔はこちらを向こうとした写真である。作業ズボンに厚ぼったい縞のオープンシャツ、その上に長めの革ジャンパーのようなものを着て、手の指は合掌をそのまま組み合せた具合にしっかりと握り合わせ、髪は五分刈りのイガグリ、口は閉じ、目は正面をではなく、左下をじっと見ている。肩は自然に落とす。意志が強そうにも見える。内向的で頑固そうにもある。内面の出た、なかなかいい写真だ。

これの載った『新修宮沢賢治全集』第十一巻口絵には「大正十三年（二十八歳）頃の賢治」とある。『日本文学アルバム』では、

「鹿革の陣羽織を仕立て直した上着を着た賢治」と説明された。注目に価する。農村の冬期の副業として、ルパシカだの農民服の改良を思いつき研究したのは羅須地人協会の時代だから、この写真も羅須時代のものかと思っていたが、どれもが大正十三年だという。すると農学校教師として最も油の乗りきった頃で、心象スケッチ『春と修羅』とイーハトーブ童話集『注文の多い料理店』を自費出版した年でもある。するとあの「どんぐりと山猫」の、

「そのとき、風がどうと吹いてきて、草はいちめん波だち、別当は、急にていねいなおじぎをしました。
一郎はをかしいとおもつて、ふりかえつて見ますと、そこに山猫が、黄いろな陣羽織のやうなものを着て、緑いろの眼をまん円にして立つてゐました。」

しかし裁判が始まって、「見ると山ねこは、もういつか、黒い長い繻子《しゅす》の服を着て、勿体らしく、どんぐりどもの前にすわつてゐました。まるで奈良のだいぶつさまにさ

んけいするみんなの絵のやうだと一郎はおもひました。」となる。この山猫の服装に注目。

一方、川原仁左エ門編『宮沢賢治とその周辺』（昭和四七年）は、農学校教師時代の生徒の回想を関の本から収録している。

「生徒の沢里武治の聞書は、月夜に賢治は沢里の下宿を訪ねて、イギリス海岸に向っている。ゴムのダルマ靴に、カーキ色の実習服を着け、からけ型のシャッポをかぶっていたといっている。

先生はひよいひよいと身軽に歩き、時に道でない野原の芝の中や、暗い草原の中に飛び込んで行つて、この夜の風景に深く感動されて居られるやうでした。そのうちに、ホーホーと声を挙げ、いきなり飛び上り、ゴム靴の踵を摺り合せて、キーキーといふ音さえ立てるのです。私は暫くあつけにとられて、先生のさういふ姿を見て居りましたが、先生のその白い顔は、月光に輝き、お顔一杯にもう愉快でたまらないといふ有様なので、私もたまらなく愉快になるのでした。こういふことは前にも屢々あつたことで、この夜に限つたことではありませんでしたが、月夜の光の中で、いきなり先生が飛び上つた時には、私も一寸驚きました。(関『続素描』)

自然交感の興奮を記録したものは、羅須地人協会時代にもみえるが、農学校時代に多い。」

こういってからこの本は、「この頃の賢治の服装は」見てきたように作業服とゴム靴で、「野外跋渉には繻子の外套をよく携帯した。だが、農学校時代の写真にみられるように、改まった折は背広を着たり、羽織袴をつけて正装した。」

羽織袴の写真はまだ見てないが、背広姿は卒業記念の集合写真、同僚と、弟と、黒板の前に立つ授業中の賢治などあり、どれもハイカラーである。ハイカラーと作業服の落差。自分の授業姿を写真に撮らせる神経もおもしろいが「繻子の外套」にも注目される。

仕立直した鹿革の陣羽織を着て、繻子の外套を携帯した賢治は、服装からするとあの山猫だったのである。山の自然を支配するやや滑稽な魔神・山猫、それが賢治の自己評価だったのである。

そして、生涯のうち自然との交感の最も盛んで、想像力の油の最も乗りきった時の写真が、あの腰かけた写真だったのである。そして、そこから立ち上って人間の社会の中へ、苦渋の方向へ歩き出した時の写真が、あの歩く写真だったのである。

いつも下を向いて、下から上へと見上げるようにした賢治には、自然からの招待状こそ最も欲しいものであった。もっとも、もっと若い時には自信があった。高等農林三年卒業時の写真は、平然と正面を向いて微笑している仏のような顔だ。襟には級長を表わすMがついている。この時賢治は、シベリア出兵を予期し戦争をあやぶんで、研究室に残ることで徴兵延期を願い出ようという父と、そんなことはしたくないと論争中だったが、自信にあふれていた。それは友と競争する自信ではなく、自然からの招待を予期する自信だった。

かねた一郎さま　九月十九日

あなたは、ごきげんよろしほで、けつこです。

大正13年、28歳の賢治

あした、めんどなさいばんしますから、おいでんなさい。とびどぐもたないでくなさい。
山ねこ　拝

というおかしな葉書が来て、「字はまるでへたで、墨もがさがさして指につくくらゐ」「けれども一郎はうれしくてうれしくてたまりませんでした。はがきをそつと学校のかばんにしまつて」とんだりはねたりする「どんぐりと山猫」。四郎とかん子が子狐紺三郎から幻燈会の入場券を貰って、雪が堅く凍った晩に出ようとすると、兄さんから「僕も行きたいな」とうらやましがられる「雪渡り」。ジョバンニの切符を見て、鳥取りから「……こいつはもう、ほんたうの天上へさへ行ける切符だ。天上どこぢやない、どこへでも勝手にあるける通行券です。こいつをお持ちになれあ、なるほど、こんな不完全な幻想第四次の銀河鉄道なんか、どこまででも行ける筈でさあ、あなた方大したもんですね。」と言われる「銀河鉄道の夜」。

　招待状はなくても、「こゝへ畑起してもいゝかあ。」「いゝぞお。」「すこし木貰つてもいゝかあ。」「ようし。」と口頭で森の許しを得る「狼森と笊森、盗森」。

　反対に招待されない場合は、「おれは柏の木大王のお客さまになつて来てゐるんだ。」と言う画かきはともかく、木たちに無断で木を切ったために憎まれている清作は、とかくトラブルを起こすし（「かしはばやしの夜」）、招待されたと錯覚するが、そうでないため、とんでもない目に会う「注文の多い料理店」。「月夜のでんしんばしら」や「鹿踊りのはじまり」にも近づききれない自然がある。

明治35年、17歳の啄木

　これらから賢治が、自然からの招待状を貰いたがる子供のような人だったことは確かだろう。そこで三つの写真から、彼が最初は招待状が来ることを予期し、次は招待状を貰ってじゅうぶんに自然と交感し、最後は招待状が来なくなっていっそうそれを欲した、そんな生涯を送った人であることが想像される。

2

賢治の写真が多くは肩を落してうつむきがちでいるのと対照的に、啄木の写真は、どれも昂然と肩をそびやかしている。

第一のは、白い和服を着て、黒っぽい羽織の腕を前に組み、新選組の副隊長よろしくといった恰好でやや左を見ている上半身像。これは若々しく美しい写真だが、両肩、とくに右をやや上げかげんにしている。『新潮日本文学アルバム・石川啄木』の口絵で、説明に「明治35年9月、17歳の肖像。盛岡中学校中退の前月に撮ったもの（年齢は数え歳）」とある。『啄木全集』第二巻の口絵には「明治三十五年秋」とある。最初の上京を前にした軒昂たる意気ごみを表わしているだろう。

これに付随した写真を二つ見ておく。一つは上の『アルバム』に「明治35年10月31

日上京の日に英語自習会ユニオン会の仲間と記念に」とある友人たちとの集合写真で、啄木の他の四人は皆詰め襟の制服で、それも特別肩を張らず自然体なのに、啄木ひとり羽織袴で肩をそびやかしている。なお啄木には洋服の写真がほとんどない。中学二年の数枚だけ。洋服だと小さく貧弱な体軀がはっきりしてしまうからだろう。この日の日記には、「別れなればの涙にわが恋しの君訪れ玉ひぬ。」と節子の来訪を告げている。「暫しのわかれを、天がけらむ理想の日に行くべき路程の駅路とこそ思はめ。タイムは飛ぶが如くすぎて。涙!!! 涙!!! 涙!!! かへらせ玉ひぬ。」一時の別れは理想に達するための道程なんだから、と自分に言い聞かせるが、彼女は泣いて帰ってゆく。帰らせて後、「午後公園よの字橋側の高橋写真館にて阿部君らとユニオン会五人撮影す。」

付随の二は、「明治36年3月渋民にて右金矢七郎（朱紘）宝徳寺の居室にて病身を養う」とあるもの。土地の豪家の坊っちゃんの金矢は洋服で椅子にかけゆったりとくつろいでいるのに、立つ啄木は眼鏡をかけ、紋付羽織袴でこちこちに固くなって肩を怒らしている。この時は第一回の上京に失敗して父に連れ帰られた後で、失意の筈だが、成功を確信する時も、失敗した時も、姿勢が全く同じだというのがおもしろい。

さて第二の写真は、これもよく知られている新婚と思われる夫婦写真だが、例の『文学アルバム』の説明（岩城之徳だから私生活面に詳しい。）には、「婚約時代の啄木と節子（明治37年盛岡で）」とある。なお裏面に「我心二つ姿とならび居て君がみもとにとはに笑まし　三七の秋　啄木　呈上野さめ子様」とあるので、三十七年秋、旧知の渋民村小学校教員上野さめ子に贈った一枚である。彼女と二人でおそばにいますよ、の意味だろう。節子とは事実上の夫婦であったわけで、日記では妻と呼んでいる。黒肺のように見える写真だが、新妻を得て得意なのであろう、昂然と胸をそらし右肩をあげている。

そして第三が明治四十一年十月四日に金田一京助と写ったもので、金田一は椅子に腰かけて洋服の腕を組み、その横に啄木は和服で立ち、左手で本か何かを摑みながら、これも昂然と肩を吊り上げている。

これまでに渋民村の代用教員一年、北海道放浪一年の後、最後にもう一度文学的運命を試そうと、釧路を逃げ出し、家族（母と妻子）を函館の宮崎郁雨に預けて、単身上京、小説を五篇ほど書くが一つも売れず、下宿の赤心館を追い出され、金田一の好意にすがって蓋平館別荘に移った後である。

「明星百号に載せる写真を撮りに行かうといふので、昼飯がすむと、金田一君と二人で出かけた。九段の坂の佐藤といふ処で撮る。金田一君は腰かけて、予は立つて。

それから、日比谷へ行つて、初めて公園の中を散歩した。人工の美も流石に悪くない。松本楼でビールを飲み乍ら晩餐をとつて、また散歩して、夕間暮、電車旅行をやらうぢやないかと、築地浅草行といふのへ乗つた。四十分許り見知らぬ街を駛つて、浅草に着く。塔下苑を逍遥《さまよ》ふこと三十分。大勝館に活動写真を見て、また電車。大分疲れて餒《ひも》じくなつてゐた。四丁目の藪でまたビールを飲んで蕎麥。例の天プラ屋の娘が淫売だと女中が話したので、金田一君少し顔色が悪かつた。帰つて来て寝たのは十一時。

今日初めて、東京の日曜らしい日曜を経験した。」

一文無しで全く金田一の世話になりながら、のんきだ。しかも金田一を哀れむべき存在として批評する、それが啄木だった。

この写真、金田一を消して啄木一人としたものが、よく啄木集の口絵などに使われている。そしてこれ以後、あれほど写真に撮られることの好きだった啄木に一枚の写真もないことが注目される。彼の場合は写真館か、あるいは出張写真なので、それだけの金がなかったのかもしれない。あるいは醜くなったわが姿を残したくなかったのかもしれない。だから「ローマ字日記」の頃の啄木はどんな顔をして浅草に通っていたか？　まじめになって『一握の砂』を出した頃は？　幸徳事件に熱中し、必死になって一件書類を書き写していた時の面貌は？　腹がふくれ、結核性慢性腹膜炎で病床に就いた後の彼は？　それらは想像するしかないようである。

前こごみの賢治と肩をそびやかす啄木と、二人の風貌姿勢の違いが、生き方の違いを表わす。啄木は、優等生の賢治のように招待状などは貰うべくもない。「許してくれ。おれは何よりもその特待生が嫌ひなんだ。」何時か北海道へ行く船の事務長が、三等のおれを一等へ入れた。「あんなに不愉快な飯を食つたことはない。」「莫迦《ばか》を言へ。人間は皆赤切符だ。」（「一利己主義者と友人との対話」）その代りに進んで自己紹介をする、彼自身が、また彼の作中人物たちが。

「林中書」は、まず「名告《なのり》」をあげる、「——諸君、予は盛岡中学校の七月児（注、中退者）で、今、みちのくの林中の草の根方に転がつている石塊《いしころ》だ！」と。「諸君、予は石塊であるから、滅多に人のいふことを信ぜられないと思ふ」といって現代日本の文明と教育を総批判し、君たちも受験勉強するよりも教育の足を切れ、足は小学校だ、代用教員になれ、とすすめる。

他人に紹介されるのは好きでない。『『——新体詩人です。』と言つて、私を釧路の新聞に伴れて行つた温厚な老政治家が、或人に私を紹介した。私は其時程烈しく、人の好意から侮蔑を感じた事はなかつた。」（「弓町より」）

だからよく「名告り合ひ」をする。明治四十一年一月四日、小樽で失業中の啄木は、寿亭に開かれた社会主義演説会に行く。「西川光二郎の〝何故に困る者が殖《ふ》ゆるか〟〝普通選挙論〟の二席、何も新らしい事はないが、坑夫の様な格好で、古洋服を着て、よく徹る蛮声を張上げて、断々乎として説く所は流石に気持よかった。臨席の警部の顔は赤黒くて、サアベルの尻で火鉢の火をかき起し乍ら、真面目に傾聴して居た。閉会後、直ちに茶話会を開く、残り集る者二十幾名。予は西川君と名告合をした。」（日記）

啄木は「要するに社会主義は、予の所謂長き解放運動の一齣《コマ》である。」しかも緊急の課題だ、「尤《もつと》も此運動は、単に哀れなる労働者を資本家から解放すると云ふでなく、一切の人間を生活の不条理なる苦痛から解放することを理想とせねばならぬ。」今日の会に出た人々の考えがまだそこまで達していないのが遺憾だ、と啄木らしい鋭さで摑んでいる。

小説「菊池君」や「我等の一団と彼」の中でも、男と男が知り合いになるところがよく描かれる。それは新聞記者仲間という集団の中での名告り合い、自己紹介である。

若き日の啄木が東京市長の尾崎行雄に会いに行ったというのは一つの伝説で真偽たしかでないが、晩年の救い主朝日新聞編集長の佐藤真一との出会いは何であったろう。誰かの紹介ではむろんなく、同郷ということだけを頼りに、自己紹介と自分の編集した『スバル』を送って、会いにいって内諾を得て、十数日後に本決まりとなったのであった。彼は佐藤を徳として、生れた長男に真一と名づけた。間もなく死んだが。

写真の語る啄木の前半生。彼は自分を変えて、強大なるものにしようとした。時代主潮である〈超人〉の実行である。しかし、その頂点の「ローマ字日記」の実験で啄木は、周囲をそのままにして自分だけを変えることは不可能だ、と気づく。そして今度は周囲の社会を変えようと乗り出してゆくが、そこで体力が尽きてしまった。彼の自己紹介は生きている間は社会に届かなかったが、死後には、啄木がどういう人間だったか、だいたいはわかってきた。社会に届いたかに見える。それでも社会が変ったわけではない。

賢治の待ち望んだ招待状は、彼の生きている内は、自然からはともかく、社会からは来なかった。彼も啄木同様最後には多少社会に働きかけようとした。そして岩手県にだけ少し知られたマイナーな詩人として死んだ。だが、先年の盛大な生誕百年祭を見ると、今や賢治は社会から招待されている。しかしそれでも第二の賢治は現れない。ということは、啄木も賢治もまだまだこの世の中に必要とされているのかもしれない。

三　青春と東京

——精神をつかむ・勉強する——

石川啄木明治十九年（一八八六）二月（一説には十八年十月）生まれ、四十五年（一九一二）四月死、二十六歳。宮沢賢治明治二十九年（一八九六）八月生まれ、昭和八年（一九三三）九月死、三十七歳。だから二人ともその生涯のすべてが青春であったとも言えば言える。

だが厳密には、最大限に見積って、それぞれの思春期から、死病にとりつかれる死の前の一、二年までを、青春ということが出来よう。そして彼らの青春においては、東京が大きな意味と吸引力を持っていたと思われる。

しかし、青春という以上、いかにも若々しく無軌道に、天馬空を行くごときものでなければならないとも思うのだ。だからこの二人のそれぞれの最初の上京こそ、その青春の象徴であったと思われ、そこに二人の生活の仕方や考え方の違いも見てとれる。無論彼らには十年という年齢の差があるので、背景となった時代の違いも考慮に入れなければならない。そしてそれらが第二回以後の上京でどう変化したかも見たいと思う。

1　啄木の東京は「都府の精神」探しに始まった

啄木にとって東京とは、自己の文学的野心を実現する場所であった。それは東京でなければならなかった。彼が東京へ初めて行ったのは明治三十五年（一九〇二）十月、雑誌『明星』に短歌一首が載ったのを機に中学を五年生の中途で退学し、東京で新しき文学・芸術の人となるべく上京した。

出発の日、十月三十一日、「別れなればの涙にわが恋しの君訪れ玉ひぬ。」無論後の妻節子である。しかし啄木は別れを否定する、永遠を友とする愛に今日のみということはない、と。

「二つ並べる小笹舟運命の波にせかれて暫しは分るゝとも又の逢ふ瀬は深き深き愛の淵の上に波なき安けさぞ尊からむ。東都の春の楽の音に共に目さめむもこゝ六ヶ月のうち。」

と六ヶ月と限ってそれまでには成功し、恋人を迎えとると言っている。この成功までの日数を限るのが啄木らしい。さてプラットホームでは多数の友の見送る中に、「薄くらき掲燈の下人目をさけ語なくして柱により妹たか子の君の手をとりつゝ車中のわれを見つめ玉ふ面影!!!」。

友細越夏村の下宿に転がり込み、翌日小日向台に部屋を決めるのだが、小日向台に上るともう都会を見渡して、「今わが腑観する大都よ。汝は果して如何なる活動をなしつゝあるか。」まさか魔ではあるまいが、「吾はこの後心とめて汝の内面を窺はんか。」と言う。この〈内面〉が後に〈精神〉となるのだ。

こうして始まる啄木の上京生活は、在京の同窓諸友との交遊と、主に杜陵に残した友達及び恋人との手紙の交換だった。中でも一級上の野村長一（菫舟、後胡堂）はずけずけと云う、「友は云ふ、君は才に走りて真率の風を欠くと。又曰く着実の修養を要すと。」また中学を卒業しなければダメだ、と。「菫舟君と共に神田辺を徒歩し諸所の中学に問ひあはせたれど何れも五年に欠員なくて入り難し。」また相当に大人びた野村は、啄木からその恋愛を聞かされたのか、恋愛なんか止めちまえ、結婚した時、不幸になるぞ、と言う。しかし、恋愛に夢中の啄木は、分け知りの野村に同じない。結婚は、心を結んだ男女が、その上で身体を結ぶもの、人生の連合艦隊だ、と反発する。ロマンチックである。この頃の啄木は節子との愛の交換時代で、「汝の慰謝者は何ぞ」と問われたら、自分は直ちに答えて「右に白百合の一花（注・節子のこと）を左に郷なるユニオンの友らを」指し示さんと言っている。

啄木はいつも恋人と大勢の友達に囲まれている。この点が賢治と違う。賢治には一、二の友人と妹と父と母とがいるだけだ。その上で時代の思想というものを考えていたのがいかにも啄木らしい。「オヽ繁華なる都府よ、人の多くはこの実相の活動に眩惑せられて成心なき一ヶの形骸となり了る。吾はこの憐むべき幾多の友を見たり。」大都会の外観に惑わされてはいけない、それだけを追っていると、都会に屍を曝す事になるぞ、と自分をいましめる、

「然れども吾人の見る所を以てすれば都府には一の重大なる精神あり。その嚮ふ所は本源の活動にありてよく諸地方の活動に根本の制裁を与ふ。彼が物質上に思想

上に常に偉大なる勢力をたもちて全国に命令する体度《ママ》に至ってよく吾人の渇仰に値することあるべし。都府に於ける人の成功と否とは実にかゝる者と自己の胸中の成心との交渉の如何に存す、」

東京には一つの重大な精神がある、そいつは全国に向かってリーダーシップを取るというところから見て、時代思潮のようなものと思われるが、啄木はそれを摑みたい、人が成功するかどうかはそれと自分の野心とがどうかかわり合うか、にあるという。啄木の青春と東京というテーマは、或いは啄木生涯の課題と言い換えてもいいかと思うが、この時代思潮を摑もうと彼が悪戦苦闘した跡そのものが答えるであろう。

この最初の上京に於いては、それが何だとは無論分からない。

十一月九日、初めて待ちに待った新詩社の会に出た。初見の詩人たちを好意的ながら批評しているのが啄木らしい。「都は国中活動力の中心なる故万事活発々地の趣あり。かの文芸の士の、一室に閑居して筆を弄し閑隠三昧に独り楽しめる時代はすでに去りて、如何なる者も社会の一員として大なる奮闘を経ざるべからずなれり。」と詩人のイメージが変わった、一人部屋に閉じ込もって書く詩人から、共同で社会に活躍する時代になった、と痛感する。問題は翌日である。啄木は独り新詩社を訪う。待つ事少《しば》し、莞爾として入り来たり談湧くが如き鉄幹に、不遇と聞いたが、この人が世に容れられぬわけがない、と思う。

「氏曰く、文芸の士はその文や詩をうりて食するはいさぎよき事に非ず、由来詩は理想界の事也直ちに現実界の材料たるべからずと。又云ふ、和歌も一詩形には相異なけれども今後の詩人はよろしく新体詩上の新開拓をなさざるべからずと。又云ふ、人は大なるたゝかひに逢ひて百方面の煩雑なる事条に通じ雄々しく勝ち雄々しく敗けて後初めて値ある詩人たるべし、と。」

その他、君の歌は奔放にすぎるとかいろんなことを言った。その中でこれまで研究者の注目した点は、上の二番目にある、これからは歌よりも詩をやれと言った点だ。啄木は歌でやろうと思っていたらしいから、なるほどそうかと忠告に従う気になったろう。しかし衝撃を受けたのは、第一と第三だった。いわば鉄幹は奔放な啄木に釘を刺したのだ、文芸で食おうとしてはいけないよ、こいつと食うこととはまるっきり別なんだ、と。啄木は、それが啄木のいいところだが、こいつで食うつもりでいたのである。人生の戦いに敗けてこそ真の詩人になれる、というのも。啄木は勝つつもりでいたから。この二つは大きなダメージを与えた。啄木の近い将来を予言していたから。

いや、予言というより今少し深い意味がある。啄木が東都の文壇を制圧すべく、勇躍上京すると、必ず彼の意図を全否定する批評に出会う。すると聡明な彼は、自己の野心よりも批評が正当であると認め、力を振り絞って自己を変えて行く。第一回目の上京の時も、第二回目の時も。それが啄木に於ける東京と青春との構図だった。

つまり時代の主潮を探し出し、それとかかわろうと考えた啄木の前に、この時は鉄幹の言葉が立ちふさがった。文学では食えないよ、歌よりもこれからは詩だ、戦いに破れてこそ偉い詩人になれる、と。

実際には、中西屋や丸善で洋書を買ったり、図書館に通ったり、イブセンの「ジョン・ガブリエル・ボルクマン」の翻訳をしてみたりしたが、たちまちに窮乏し、下宿を追い出され、同境遇の少年と二人、ある人の好意で部屋に置いてもらったが、病気をし、結局翌年二月に故郷の父に連れ戻されるはめになった。みじめな惨敗であった。

詩集刊行が目的といわれた第二回の上京は、ちょうど二年後の明治三十七年十月二十八日。その一月前の九月二十八日から小樽の姉の許へ旅行した。日露戦争たけなわなのに、青森函館間、函館小樽間の海路を手紙では少しも心配していない。なおこの年二月に節子と婚約した。以前から肉体関係があったようで、日記では「妻」と呼んでいる。

上京した啄木は、向ヶ丘弥生町、駿河台袋町、牛込砂土原町と転々と居を移しながら詩を作り、「この頃は方々に反響ありて詩運益々愉快に有之候」（十二月十一日、上野さめ子宛）と得意だが、今回も二つのダメージを受けた。一つは、十二月九日読売新聞の時評（評者正宗白鳥）を読んでショックを受け、十四日姉崎嘲風に訴えている、

「師よ、師は去る九日の読売新聞にて、「白百合」を評したるうちにいたくも我が詩を非難したる時評氏の一文を見玉ひしや。そは我が詩を非難したるものに非ずして今の詩を非難したるものなりき。」

正当にも啄木は、これは自分個人の詩への非難ではなく、現代の詩一般への非難なんだと認めながら、

「さて思へらく、この批評はもとより我が詩を知る者の言に非ず、然れどもこれ時代の詩に対する一部の要求を確かに伝へたるものなり、と。」

さらに正当にもここには詩に対する時代の要求がある、と認めた。そして評者に会いに行ったが、白鳥はボクは詩を知らない、あれはやむを得ず書いたんだ、と逃げてしまったので、啄木はじだんだを踏んでくやしがっている、

「師よ、刃向ふものに逢ふ毎に我は層一層の勇気を感ず。」

と。闘志が起こったと言う。白鳥にではない。自分に向かってである。

白鳥のそれはこういう文だった。

「試みに石川啄木の天火盞を読むに、吾人何等の美をも感ずる能はず。用語とても甚だ厭ふべきを見る。『恋ハ天照る日輪のみづから焼けし蠟涙や、こぼれて、地に盲ひし子が冷に閉ぢける胸の戸の夢の隙より入りしもの』の如き、あまりひねくり廻した比喩にて、お説の通りと感服も仕兼ねるなり。詩ハ必ずしも一読して直に感ずべき者のみならず、難句に満つとも又可なるべきも、この詩句のやうにてハ、考ふれバ考ふる程、馬鹿らしくなる也。意味に於て取るに足らず、調に於て一層取るに足らず、語に於てハ更に一層取るに足らざる也。『破壊《はえ》』といひ『沈黙《しじま》』といひ所謂苦心惨憺の語かハ知らねど、如何に不完全なる日本語とても他に幾多平易にして且つ詩的なる妥当の語あるべし。」

これは実に明快、辛辣に啄木の陥っている詩に対する考えのせまさ、興味の低さをついたものではないか。時評子は、さらに翌々日にも、「世ハさまざまなれバ、今日の新体詩をも珍重する人のあるかも知れねど、吾人ハこれ程面白味の少なき者ハ、他に比類なきを感ず。例の苦心惨憺も骨折損とのみ思はれ、如何に新体詩人が泣言をいふも少しも同情の念起らず」と追い討ちをかけている。「この社会の人々ハ全く頭脳の異なるを思ひ、一層新体詩の厭はしくなりぬ」とも言っている。子規の「歌よみに与ふる書」を思わせる因習打破の鉄槌である。

この大部分を啄木はもっともと思ったのである。「時代の要求」という啄木の言葉は、彼の中の文明批評家が、白鳥の評に応じて出したのである。真に打撃を与えたものは白鳥でなく、自分だった。詩人の中にあって表現者を超える文明批評家であった。ここにわたしは啄木らしさを思う。

彼は『あこがれ』出版以前に『あこがれ』を見切っていた。それは『一握の砂』を出す前すでに『一握の砂』を超えたのと相似である。

第二のダメージは、金のことである。十二月二十二日、二十五日、また一月七日、以下三月、四月の金田一京助宛手紙の語るものだ。啄木という男は、時期によって付き合う相手が変わる。従って手紙の相手も変わる。この点、賢治が生涯、殆ど父と一、二の親友にしか手紙を遣っていないのと対照的だ。この時期は、小沢恒一、上野広一ら旧友と、上野さめ子、斎藤佐蔵、立花さだ子ら渋民の人と、「白百合」の前田林外が主な相手だったが、この頃から、金田一を主な相手にして、いわば金田一を標的にして借金の天才、汚い啄木が始まる。

「生は予算が違って誠に哀れなる越年をせねばならぬ事と相成り候。詩人や学者、何処も同じ秋の夕ぐれにてトント算段がつかず。斯うなっては気楽な者、笑ふより外無之候。」（十二月二十二日）

これでも察しない友に、今日は二三の友を上野に送ったら帰りたくなった、と言い、「本日太陽へ送りたる稿〆切におくれて新年号へ間にあはぬとの事天渓より通知あり、この稿料（?）来る一月の晦日でなくては取れず、又、あてにしたる時代思潮社より

申訳状来り、これも違算、……」と言ってから、

「一月には詩集出版と、今書きつつある小説とにて小百円は取れるつもり故、それにて御返済可致候に付、若し若し御都合よろしく候はば、誠に申かね候へども金十五円許り御拝借願はれまじくや」

と頼み、「世の中には金で友情を破る様な事も沢山有之候事故」申しかねるが、と相手の断りを先取りして防いでしまう。こうして借りた金は無論返せる筈もなく、新詩社の新年会を面白おかしく報じた後、「せつ子御伺ひ申せしや否や。」葉書は出した筈だから「洋弦に熱中して兄をお伺ひもせぬとならば、これは叱るべき事也」とおもねったり、督促に、「あゝ我は大罪人となりぬ。我は今この風寒き都を奔走しつつあり」と訴え、四月十一日にようやく「故郷の事情」と言う。それは無論十二月に父が宗費滞納のとがで住職を罷免されるという事件が起こった事を指す。岩城之徳が、啄木はこの頃ようやくそれを知った、と言うのは、受け取れぬ。十二月の段階で知ったから

こそ、事実寺から金が来ぬからこそ、借金が始まったのではないか。

「兄よ、天下に小生の恐るべき敵は唯一つ有之候。そは実に生活の条件そのものに候」と訴えている。金の事である。

詩集『あこがれ』はなんとか出版にこぎつけたが、五月十一日上野広一にはせつ子を東京へ呼ぶ、家も見つけた、と言い、十日後小沢には青葉城下に来た、と言い、翌日金田一に故里の閑古鳥聴かむと、しかし月末再び都門に、と言い、五月三十日上野に好摩より、二三日中に盛岡にゆくと言ったが、この日は盛岡で自分の結婚式の筈だった。つまりめちゃくちゃである。仙台では土井晩翠夫人から母危篤と偽って金を借り、長逗留の宿料まで押しつけた。花婿のいない結婚式に、仲人役の上野やこれまで二人を支持してきた小沢らユニオン会は啄木を除名、絶交となったことはよく知られていよう。啄木の行動は妻となるべき人の不幸を予測しての故だったろうか。否、彼は自己の才能と成功を疑わず、妻の幸福を確信していたから、それはありえない。見栄を張りたかったが、一文無しになったためであろう。

第二回の上京は、時代の要求と生活の条件とのために、さんざんな目に逢ってついに東京退去となった。

その後、盛岡での『小天地』発行、渋民でのいわゆる「日本一の代用教員」一年、北海道放浪一年を経て、すっかり荒廃した生活を立て直そう、それには自己の文学的運命を切り開くしかないと、最後の上京をする。

「家族を函館へ置いて郁雨兄に頼んで、二三ヶ月の間、自分は独身のつもりで都門に創作的生活の基礎を築かうといふのだ。」（明治四十一年四月九日、日記）

今度は生活の基礎を築く、つまり一応の成功まで、僅か「二三ヶ月」と言って友を騙した。しかし自分ではこういう、

「老母と妻と子と函館に残った！　友の厚き情は謝するに辞もない。自分が新たに築くべき創作的生活には希望がある。否、これ以外に自分の前途何事も無い！そ

して唯涙が下る。唯々涙が下る。噫、所詮自分、石川啄木は、如何に此世に処すべきかを知らぬのだ。

犬コロの如く丸くなって三等室に寝た！」

上京後、自然主義の時代だから自然主義の小説を書こうと、五六編の中編小説を書き、売り込みに奔走したが、森鷗外を煩わしても、どれも売れず、金にならず、生活が成り立たず、相変わらず金田一の世話になっていた。そういう六月のある晩、一夜にして百数十首の短歌が出来た。翌日も。しかしこれで啄木の歌が成立したのではない。この時の歌はへなぶり＝ふざけ歌で、自分でも満足のゆくものではなかった。『明星』終刊、『スバル』時代を迎えて、同世代の文学者との交遊が多くなるが、フン、短歌などつまらない、と平野万里と対立し、蕩児の吉井勇とも、大好きな太田正雄とも、技法上影響を受けた北原白秋とも別れて、自分独りの家を作るのだと、自らを超人とすべき実験を、自分独りの方法で記録する「ローマ字日記」を書き始める。いわば自己中心性、ひらたく云えば自分勝手に徹することで、共同性を、文学の共同性も、社会の共同性も越えようとしたのである。

しかし無限の自己拡張と言っても、給料を——啄木は自分の編集した『スバル』を持って同郷の佐藤真一編集長に頼み込み、明治四十二年二月から朝日新聞社の校正係りに雇われていた。——前借しては、浅草塔下苑に女を買いに行く生活でしかなかったが。

明治四十二年六月家族上京、それでも止めない啄木の生活は、妻の家出などによって破綻し、暗闇に横たわって目の慣れるのを待つような状態の間に、詩というものを再び考えるようになったという。それは日常の食事の香の物のように必要な詩、「現在の日本に生活し、現在の日本語を用ひ、現在の日本を了解してゐるところの日本人に依て歌はれた詩」(「弓町より」)だという。これは少しきつい言い方で、やさしく言えば、平易な日本語で、柔軟なリズムの、何より自由な内容の——ということは因習にとらわれない、批評性を持った——詩であろう。その上、啄木はこれまでは自分をえらい者として書いてきたが、少しもえらくない、平凡な者としての自分がその中に居る詩である。いわば二度目の上京の時感じた「時代の要求」を、ようやく生かすことが出来た。三行書きの歌集『一握の砂』の誕生である。

しかしこれにも満足がゆかぬ。この歌集と前後して大逆事件が起こる。事件をひきおこした強権の主張する国体――日本の国家形態、いわば国家と国民との関係の特殊性の強調。つまり天皇制絶対主義の主張――に対して、歴史の尊重を将来に向かってまで維持しようとするならば、「日本が嘗て議会を開いた事からが先づ国体に抵触する訳になりはしないだらうか。」（「歌のいろいろ」）今の政府のやり方は明治以来の近代化の歩みの全否定ではないか、と批判する。そして理想を失い、方向を失った「時代閉塞の現状」に必要なものはただ一つ、「明日の考察」だという。

このことで啄木は、後に天皇制と対峙したプロレタリア革命運動の予言者・先駆者の位置を与えられるが、そのことで啄木はやや形式的で偏狭な社会主義者として描かれることが多く、今日ではかえって世に容れられ難くなってしまった。

しかし「明日の考察」は「明日の考察」である、つまり未来の構想であって、明治四十三年の「明日の考察」が今日そのまま通用する筈もない。今日には今日の「明日の考察」があろう。それに啄木としては、青春と東京の出会いに発した「都府には一の重大なる精神あり」の「精神」を見失ったという思いが、「明日の考察」と言わせているのだから、彼は一貫して変わっていないともいえる。

言い換えるとこうである、都府には一つの精神あり、の精神を探し出して批判して行かなければにっちもさっちも進まない。それはみんなの為のようでもあるが、ひっきょうは自己の要求である。それは究極には一人の道であることで、賢治に近づく。

そのことを証すために、「歌のいろいろ」「時代閉塞の現状」と同じ頃に書かれた「田園の思慕」を読む。

田園から都会への移住者は、その第一日目から田園を思慕する。しかし都会から足を抜けないのが都会というものの魔力だ。移住者は、思慕を深めたまま死ぬ。その子の世代（二代目）になると、田園は、直接見たのではないが、父母から聞いた風景として、おとぎ話の幸いの島のように、生活に困憊した心を引く。死ぬ。三代目になると、気持ちはかなり遠ざかり、田園の思慕も良心も失い、やがては思慕すべき一切を失う。「官能の鋭敏と徳性の麻痺とは都会生活の二大要素である」から。

近代の文明では、都会と田園との溝渠が深くなる。田園にいる人の都会思慕が日一日と深くなり、都会に住む者の田園思慕も日一日と深くなる、と言ってから啄木は、笑われてもかまわない、自分は思慕を深くしたい、何故なら「安楽《ウエルビーイング》を要求するのは人間の権利である」と言う。一見、一切を失うアナーキズムへ向かって猪突猛進するようだが、そうではなくて、故郷を思慕した『一握の砂』の気持ちへ戻りたい、そこに日本人の魂の安らぎがある、自己中心性に徹することでもう一度「ローマ字日記」に戻ろう、そこに日本人の戦いがある、と言うのであろう、人間を取り戻すために。そこが賢治に近いと思う。

2 賢治の東京は趣味的喜びに始まる

1 大正五年（一九一六）八月——九月、ドイツ語講習。秩父地方土性調査旅行に参加。

2 大正七年（一九一八）十二月——八年三月、トシ入院のため看病、しかし自立の計画。

3 大正十年（一九二一）一月——八月、家出して東京で国柱会への奉仕、筆耕、童話制作。

4 大正十五年（一九二六）農学校教師を辞めた年の十二月、上京して図書館、新交響楽協会へ通い、オルガン・セロ、エスペラント、タイプライター等を習う。

5 昭和六年（一九三一）九月、化粧壁見本を持って上京、発熱し、倒れる。

賢治の主なる東京行きは上の五つである。このほか大正六年の一月には商用で上京して芝居を見ているし、大正十二年の一月には、弟に童話の売り込みをさせ、国柱会の芝居を見、国柱会本部にトシの骨を納める準備をした。昭和三年六月には伊豆大島へ行く途中、東京で浮世絵展を見、芝居を見ている。芝居が多い。

賢治の東京は、故郷の夢を東京に運び、東京の人々にもたらす事と、東京の夢を故郷に運んで故郷の人々にもたらす事との二つで、それをしに彼は往還した。あるいはそれらが還流した。

賢治は大正五年三月、修学旅行で東京、京都、奈良の農事試験場を見学、帰りはグループ別の行動で伊勢、渥美、箱根などで暴れて青春を満喫して帰り、八月、上京してドイツ語講習を受ける。この時高橋秀松と同居し、保阪嘉内にしきりに手紙を遣っている。そして八月末には学校（盛岡高等農林）の関教授指導の秩父地方の土性地質調査見学に上野から参加し、それを保坂に短歌で報告しているのだ。その前に東京の歌を見ておこう。

青銅の穹《ゆみ》屋根は今日いと低き雲をうれひてうちもだすかな

おとなしく白びかりせる屋根ありてすこしほころしく坂を下りぬ
はるかなる淀みの中のある屋根は蛋白光をあらはしにけり
日本橋この雲のいろ雲のいろ家々の上にかゝるさびしさ
密林のひまより碧きそらや見し明きこゝろのトルコ玉かな
歌まろの乗合船の絵の前になんだあふれぬ富士くらければ
ほそぼそと波なす線はうすれ日の富士のさびしさうたひあるかな
ひろ重の木曾路のやまの雪のそら水の色水の色人はとられん

ニコライ堂だろうか、屋根への愛情。空や雲や家々の屋根や石への愛情。そして版画の線や色への愛情。実に不思議だ。吉本隆明は賢治の木草への過剰の愛と言ったが、建物や空や雲や、版画の線や色への過剰な愛は。さて旅行の歌は、

はるばるとこれは秩父の寄居町そら曇れるに毛虫を燃す火
はるばると秩父の空のしろぐもり河を越ゆれば円石の磧《かはら》

つくづくと「粋《いき》なもやうの博多帯」荒川ぎしの片岩のいろ
山かひの町の土蔵のうすうすと夕もやに暮れわれら歌へり
霧はれぬ分れてのれる三台のガタ馬車の屋根はひかり行くかな

空や石、岩への愛は相変わらずだが、岩を「粋なもやうの博多帯」と浮世絵版画風に描いている。これを学問とすれば、学問も趣味なのだ。趣味の世界にどっぷり浸かっている。だがともかく三台のガタ馬車に乗った一団の中にある彼の気持ちは、まさに青春そのものであったろう。

荒川の碧《あお》きはいとどほこらしくかすみたる目にうつりたるかな
あはあはとうかびいでたる朝の雲われらが馬車の行手の山に
友だちはあけはなたれし薄明の空と山とにいまだねむれり
星月夜なほいなづまはひらめきぬ三みねやまになけるこほろぎ

定本全集年譜によると、「九月二日（土）関豊太郎教授神野幾馬助教授統導による秩父、長瀞、三峰地方、土性・地質調査見学は例年農学科二部、林科学生を引率して行われる。上野駅に集合して出発するので、在京中の賢治は帝室博物館を見たあと停車場へ行き」合流して、この日熊谷泊り、以下寄居町、小鹿野町に泊り、五日（火）三峰山に登り三峰神社に宿泊、翌日下山、帰校したらしい。

賢治の「初期短編綴等」に「電車」がある。賢治らしい、むしゃくしゃした若い古物商と、大きなめがね、制服制帽の大学生が、眼で軽蔑し合い、舌戦する。戦いにはドイツ語も交える。無論心の中での戦いで、「彼は大学生という階級に一種の羨望の念の交った『むしゃくしゃ』した反感と、『ひよっこ』どもに何でまけるものかという気持ちとを抱いていたのではないか」（恩田逸夫）と言われるが、ドイツ語を習っていたこの時のものだろうか。短歌からは、賢治の内心はもっと伸びやかであろうと思われるが、この時かもしれない。

とにかく最初の上京の賢治の心を領していたものは趣味である。ドイツ語も、浮世絵も、土壌地質学という科学さえもそうだったと思われる。彼は啄木と違って、金の心配は全くしない人間だった。

二度目の大正七年末から八年三月までの上京。これこそ賢治が東京にかけた青春の夢の時間だった。入院したトシの看病の為とはいっても、医者に言われた通りを、看護婦（付き添い婦）に命じて病人の食事を作らせ、父に妹の病状を報告するだけで、あとは図書館へ行ったり、小林さん（父の東京での商売上の友人）に相談して、どうしたら自立して東京で暮らして行けるかを考える。指輪用の飾石の研磨販売、模造真珠やカフスボタンの製造、鍍金《メッキ》など飾り職人のようなことをしてやがて人造宝石にとりかかる。そんなことを父に訴える毎日だった。たとえば、

「終りに一事御願申し上げ候。それは何卒私をこの儘当地に於て職業に従事する様御許可願ひ度事に御座候。色々鉱物合成の事を調べ候処殆ど工場と云ふものなく実験室といふ大さにて仕事には充分なる事、設備は電気炉一箇位のものにて別段の資本を要せぬこと、東京には場所は元より場末にても間口一間半位の宝石の小店沢

山にありていづれにせよ商売の立たぬ事はなきこと、この度帰宅すればとても億劫になり考へてばかり居て仕事の出来ぬ事、いつまで考へても同じなる事、この仕事を始めるには只今が最好期なる事（経済の順況、外国品の競争少き為）、宅へ帰りて只店番をしてゐるのは余りになさけなきこと、……」（八年一月二十七日、父宛）

などと云う。あくまでも「私の目的とする仕事は宝石の人造に御座候。」だ。資本も二百円か三百円、五百円あれば電気動力も用いられるが、先ず二百円でやってみたい、

「依て最初は随分見すぼらしき室にて只一人にて石を切ったり磨いたり労れたるときは鍍金をしたり、石を焼いたり煮たり（但しこの前二階にてやり候様の悪瓦斯等の心配は無之）、夜は勉強をしたり休んだり致すべく候。」（二月二日、父宛）

これは彼の童話の主人公のような生活ではないか。たとえば小屋のある場所は違う

が、セロ弾きのゴーシュ。ということは童話が彼の理想の生活の表現であるととも に、彼自身が童話のような生き方に憧れていたのである。このことや、資本金を次第 につり上げながら、自分で失敗を予想し、石はさっぱり売れず、資本は失い、全く失 敗したとてしかたない、ひとつ失敗するつもりでやらしてほしい、などと言い出すの で、とうぜん父は反対に傾く。

ただその初めの方で、上京してすぐに、小川町の宝石店にあたりをつけ、岩谷堂産 蛋白石、繋温泉の瑪瑙などを印材用に売り込もうと考え、父に送ってくれと言ったの が注目される。

賢治が妹の看病をしながら、自立して都会で暮らす事を考えた時、化学的に人造宝 石を作る事と共に、故郷の石を磨いて宝石や美しい印材とし、東京の人に美しい夢を 与えることを夢想した。大正七年から八年にかけてのことで、父の反対にあって潰れ た。

そこで、今度はそれを言葉でしようとしたのが、二年後大正十年の家出の後半の童話創作だった。故郷の岩手の自然の光や風の物語を東京で売ろうとした。いや東京の人々にただであげようとしたのだ。それは「トシ病気」という電報で、病気に嘘はないが、半分は父親の策略で、仕事なかばに呼び戻される。

これが上の表で三回目の上京で、普通はこの時の上京は、父との宗教的対立から家出して「本郷菊坂町七五稲垣方に間借、赤門前の文信社で筆耕、午後は街頭布教や国柱会本部での奉仕活動など。高知尾の奨めにより猛然と童話を多作。」（天沢退二郎）等と言われて、天才の証拠とされているが、冗談ではない。一どきに三人前の仕事が出来るわけがない。おまけに蒲柳の質で菜食主義者なのだから。筆耕といってもガリ版切りで講義ノートを作成する、「朝八時から五時迄座りっ切りの労働」（大正十年一月三十日、関徳弥宛書簡）で月十二円、これでどうして奉仕活動だの、ましてや童話の創作だのできるであろうか。それも三千枚もの。こんな自活はすぐにやめて、家出中におかしな事だが四月に父と関西旅行して以来、家から金を貰ったのであろう、七月に関に云う、

「私は書いたものを売らうと折角してゐます。それは不真面目だとか真面目だとか云って下さるな。愉快な愉快な人生です。……うちから金も大分貰ひましたよ。左様十五円に二十円に今月二十円来月二十円それからすりに十円とられましたよ。図書館へ行って見ると毎日百人位の人が「小説の作り方」或は「創作への道」といふやうな本を借りようとしてゐます。なるほど書く丈けなら小説ぐらゐ雑作ないものはありませんからな。うまく行けば島田清次郎氏のやうに七万円位忽ちもうかる、天才の名はあがる。どうです。私がどんな顔をしてこの中で原稿を書いたり綴ぢたりしてゐるとお思ひですか。どんな顔もして居りません。」

これは、あの岩手の「林や野原や鉄道線路やらで、虹や月あかりからもらってきた」話、「風に吹きとばされて来た」話を東京の人に伝えようとしたのだろう。弟を雑誌社に原稿売り込みに遣ったように、賢治は直接東京人に話す事は苦手だったらしい。だから書いた。童話集『注文の多い料理店』の広告でも言っている、

「これは田園の新鮮な産物である。われらは田園の風と光との中からつやゝかな果実や、青い蔬菜と一緒にこれらの心象スケッチを世間に提供するものである。」

と。柳田国男は『遠野物語』の序で、遠野より物深い所には無数の伝説があろう、「願はくは之を語りて平地人を戦慄せしめよ。」と言ったが、賢治はもっと優しく、楽しく美しく新鮮なものをどうぞ、と都会人に勧めたのであろう。

そして逆の場合もあった。吉田司『宮沢賢治殺人事件』(注)によると、父が四国丸亀あたりで古着を仕入れては花巻で売り、商売としたように、賢治もそういう商人根性が抜けきれず、東京でものを仕入れては、故郷で売ろうとしたという。この言い方は少々えげつないが、東京からさまざまな文化を仕入れては、その恵みを故郷の人々にもたらそうとしたのは事実であろう。それがドイツ語だったり、浮世絵だったりしたが、特にエスペラントやタイプライターや音楽や芝居の勉強を集中的に仕入れようとしたことがある。上記の四回目、羅須地人協会発足の大正十五年十二月のことで、父にこう言っている、

「もうこれで詩作は、著作は、全部わたくしの手のものです。どうか遊び仕事だと思はないでください。遊び仕事に終るかどうかはこれからの正しい動機の固執と、あらゆる欲情の転向と、倦まない努力とが伴ふかどうかによって決まります。生意気だと思はないでどうかこの向いた方へ向かせて進ませてください。実にこの十日はそちらで一ヶ年の努力に相当した効果を与へました。エスペラントとタイプライターとオルガンと図書館と言語の記録と築地小劇場も二度見ましたし歌舞伎座の立ち見もしました。これらから得た材料を私は決して無効にはいたしません、」

（十二月十二日、父宛）

それは農民劇団旗揚げのために必要だった。羅須地人協会とはこれだった。決して今日理解されているような、農民のための肥料相談所などではなかった。それは最初の目的が潰れて、泣く泣くそうなったのである。当時は左翼のプロレタリア運動と演劇との結びつき、つまり民衆をアジるものとしての芝居が国家警察の注目するところだったから、賢治の劇団も特高に睨まれて、呱々の声をあげることは出来なかった。だからここで東京の楽しさを岩手の、特に花巻の人々にわけてあげる、むろん無料で、という賢治の夢は潰れた。その余韻と見られるのが昭和三年六月、大島ゆき前後の芝居見物だったが、それはあくまでも名残だろう。羅須地人協会を大島に移す案も賢治の病気でおじゃんになると、初心に戻って、岩手産の美しい石の壁を東京の人々にもたらす案が浮上する。東北砕石工場の仕事の一端だが、重い化粧壁の見本を持って上京し倒れた、第五回、最後の上京はそれである。

賢治にとっての青春の東京とは、啄木のようにそこでしか文学の仕事は出来ないという、唯一の目標ではなかった。岩手から東京の人々へ美しい新鮮な自然をもたらし、東京から岩手の人々へ香り高い文化（中には浮世絵の枕絵やエロ写真といったすえた香りもあるが）を運ぶ、そういう往還運動、自然と文化の大循環の一方の極であった。

また賢治は啄木と違って、金を取ってそれで食わねばならぬ必要に、殆どいっぺんも迫られなかった。それが賢治の強みで弱みだろう。だから啄木のように時代の主潮を摑もうと勉める必要もなく、その主潮を批判して、その逆を構想する必要もなかった。賢治も無論時代の好みは感じとっていたが、それを踏まえた上で、超越した。仏教と科学がそれを可能にしたと思う。

吉田司は、啄木の「時代閉塞の現状」にいう、村々に増えつつある、父兄の財産を食い減らす事と無駄話をする事だけが仕事の「遊民」こそ賢治の本質で、それと花巻商人のエネルギーが結びついた花巻モダンが、彼のものだと言う。こうして吉田は啄木の側に立って賢治を断罪してみせたが、しかしいつの世にも啄木と言いさえすれば相手は恐れ入る、啄木万能とは行くまい。現代では日本人の殆ど全部が遊民志望であると言ってもいい状況であって、皆が啄木よりも賢治に惹かれているのも事実である。

啄木は田園と言い故郷と言って、岩手とは言わない。岩手だけ渋民だけの事ではないと、一般化して考える。明治の日本の都会と田園のこととしている。賢治は「これは田園の新鮮な産物である」と言い、「糧に乏しい村のこどもらが都会文明と放恣な階級とに対する止むに止まれない反感です」（『注文の多い料理店』の広告）と言うが、その田園や村は、「ドリームランドとしての日本岩手県」であった。岩手に限られていた。東京と岩手の落差に愕然とするが、美しいものや楽しいものを持って往還するのだ。サンタクロースのように。その自己中心性は啄木よりも強く、天性のものと言っていい。それこそが大正文化の一面ででもあったろうか。

（注）吉田司『宮沢賢治殺人事件』（一九九七、太田出版）

（本稿は拙著『石川啄木』（一九八一、勁草書房）と拙著『宮沢賢治の手紙』（一九九五、大修館書店）に負うところが多いことを記す。）

四　日露戦争とシベリア出兵

1 「一兵卒」と啄木の日露戦争

田山花袋の「一兵卒」は、一人の病兵が、衰弱と不潔と叫喚と重苦しい空気と蝿と便所の臭気とに耐えきれず、野戦病院を無理やりに出て、原隊を追うべく満州の曠野を、銃が重い、背嚢が重い、脚が重いととぼとぼ歩くうちどうにも苦しくなって、酒保の裏の陋屋で夜中誰にも看取られず脚気衝心のために死ぬ、その朝日本軍の遼陽総攻撃は始まった、というもの。

平岡敏夫は大著『日露戦後文学の研究』の「青年と死」に同じ花袋の「田舎教師」を取り上げ、遼陽陥落の歓呼の中に清三が死んで行く所をあげて、啄木がここには花袋の野心があると言った事もあげ、平岡の師の吉田精一の、啄木が野心と言ったのは、「国家の発展、資本主義の躍進と、それに背反して行く個人生活の圧迫」という対照を指したという説まで紹介して、さて、師にやんわりと反対し、「啄木が言うのは『日露戦役といふ大舞台』を背景に『主人公の淋しく死んで行く』という対照それ自体にあるのではないか。」と単純化した。花袋が描き、啄木が野心と評したのは、曠古の、名誉ある戦争に加わることも出来ず、帝国万歳と叫ぶ事も出来ずに、国家と共にありたいと願いながら脱落して行かねばならぬ悲しみだ。じじつ清三は、屍となって満州の曠野に横たわる兵士だって私より幸福だ、こんなに空しく死なずに、遼陽陥落という「日本国民すべての」願いに死ぬのだから。と清三の思いを述べて平岡は、かかる青年の死こそ時代の悲劇で、花袋は「浮華動揺」の「日露戦後の青年像とは異質の青年の姿を描き出すことができたのである」という。広く時代・社会を、特に日露戦後の青年像を睨んだ所は出色だが、そうだろうか。

また、この途中で平岡は、「田舎教師」の主人公清三と「一兵卒」の一兵卒加藤平作とは違う、後者は妻帯者で営倉に入れられた事もある普通の成人だが、前者は「志」という「青年の持つ可能性」を持った青年であり、花袋は一兵卒にではなく、清三にこそ時代の悲劇を見たというのだが、そうだろうか。

以上の二つの疑問に答えたい。第一の疑問は、戦争を遂行する国民的連帯という大きな環のようなものがまずあって、清三も一兵卒もその中に含まれるという考え。平岡はそうであろう。無論現在の平岡がそうだというのでなく、歴史的事実の認識としてそうであろう。花袋も大凡はそうであろう。

従軍記者花袋の『第二軍従征日記』を見ても、海軍基地で軍艦を見て「壮観、壮観！」と言う。敗走する敵が火薬庫を爆発せしめ、火光が天に沖すると「何等の壮観」と言う。戦いの翌朝「味方の死骸が路傍に転がったまま収容されずに残されてあるのが幾つとなく」現れるのを見ると、「悲惨なる死」に「戦争そのもの丶罪悪」を認識するが、当時の日本男子の平均と同じく壮観好きなのだ。特に、「田舎教師」はそうであろう。

「遼陽の戦争はやがて始まった。国民の心は総て満州の野に向って注がれた。」深い沈黙の中の無限の期待と不安、その不安が首山堡占領で解かれると、「今度は鬱積した歓呼の声が遼陽占領の喜ばしい報に連れて、凄じい勢で日本全国に漲り渡った。」「かれは限りない喜悦を顔に湛えて、『母さん！　遼陽が取れた』とさもさもうれしそうに言った。」だが「こうした不運な病の床に横って、国民の歓呼の声を余所に聞いていると思った時、清三の眼には涙が溢れた。」

しかし「一兵卒」はどうか。苦力の押す貨車に乗せて貰おうとすると、「兵を乗せる車ではない。歩兵が車に乗るといふ法があるか」と怒鳴られる。「兵、兵といって、筋が少いと馬鹿にしやがる。金州でも、得利寺でも兵のお蔭で戦争に勝ったのだ。」と思う。汽車から、豊橋を発って来た時の汽車が眼をよぎる。妻が、心から可愛いと思った時の笑顔が、母親が、子供の頃の自分が、裏の入り江の船頭が浮かぶ。だが荷が重い。腰から下は他人のようだ。道路は石のように乾いて固くなったが、雨が降ると膝まで没する泥濘だ。戦友の戦死した姿が浮かぶ。糧秣を満載した騾車、驢車が行く。乗せて貰おうと駆け出して最後の一輛によじ登るが、胸が苦しい。そして、「貴様は何だ?」と肩を摑まれる。

「病気で辛いだらうが、下りて呉れ。急いで行かんけりゃならんのだから。遼陽が始まったでナ。」「遼陽!」此の一語はかれの神経を十分に刺激した。「もう始まったですか。」「聞えんかあの砲が……」

最後も遼陽であって、この点は「田舎教師」と同工異曲だが、中身が違う。これまでも階級制度への呪詛や愛する者の思い出や戦死の不思議があったが、以後も、夕日に照らされた「驚くべき長大な自己の影」を見て悲哀に打たれ、愛の思い出にふけるが、「軍隊生活の束縛ほど残酷なものはない」と忽然「死に対する不安」に襲われる。どうもがいてもこの牢獄から脱することは出来ない、「渠はおいおい声を挙げて泣出した。」そしてやがて最後の死が来る。

「故郷のことを思はぬではない、母や妻のことを悲まぬではない。此の身がかうして死なければならぬかと嘆かぬではない。けれど悲嘆や、追憶や、空想や、そんなものは何うでも好い。疼痛、疼痛、その絶大な力と戦はねばならぬ。」

ましてや、国家や民族の運命など「そんなものは何うでも好い」であろう。一兵卒は民族的連帯に取り込まれて居るのではない。国家のする戦争や民族意識は、この一兵卒の生きたい、生きねばならぬという欲望と明らかに対立する。互いに許しあえない。花袋は意識の表面では国家や民族をふりかざすが、いよいよとなると個の生に執着する男なのだ。あるいは花袋の意に反して戦争を否定する一兵卒が出現したのは、リアリズムの力、文学の力なのだ。そこに「一兵卒」の生命もある。啄木がもし「一兵卒」を読んでいたら「田舎教師」以上に、作者の野心を痛感したろう。吉田精一の評もこれにならい、うなずける。

従って第二の問にはもう答えられている。一兵卒はインテリ青年でなく、庶民だが、それだけにいっそう広い民衆の、戦争の悲劇に、作者は答えたのである。生命の価値にはインテリも庶民も差はない筈だから。

さて、啄木は、晩年に日露戦争時代を振り返っている。「林中文庫　日露戦争論（トルストイ）」で、「レオ・トルストイ翁のこの驚嘆すべき論文は、千九百四年（明治三十七年）六月二十七日を以てロンドン・タイムス紙上に発表されたものである。」と書き出す。「当時極東の海陸に起ってゐた悲しむべき出来事の電報は、」と啄木は云う。晩年の啄木は日露戦争をじつに「悲しむべき出来事」と言ってのけた。日本軍の予想以上の成功故に世界を驚かしていたが、この論文はそれ以上に「深い、且つ一種不可思議な感動を数しれぬ人々の心に惹起せしめた。」日本では八月に東京朝日、週刊平民新聞が全文を訳載し、雑誌時代思潮は英文の全文を転載した。そして平民新聞は次号にトルストイ翁の論旨に批評を試みた。

「かの記者の先づ発した声は実はその抑へむとして抑へ難き歓喜の声であった。『吾人は之を読んで、殆ど古代の聖賢若くは予言者の声を聴くの思ひありき。』かういふ讃嘆の言葉をも彼等は吝《お》しまなかった。想ふに、当時彼等は国民を挙げて戦勝の恐ろしい喜びに心を奪はれ、狂人の如く叫び且つ奔《はし》ってゐる間に、ひとり非戦論の孤塁を守って、厳酷なる当局の圧迫の下に苦しい戦ひを続けてゐたのである。」

だから日本人の間にも思慕者の多いトルストイの非戦意見は有力の援軍を得たように感じられ、また羨望せざるを得なかった、「露国一億三千万人、日本四千五百万人の、曽《かつ》て言ふこと能はざる所を直言し」たものとして。

しかし批評した、「要するにトルストイ翁は、戦争の原因を以て個人の堕落に帰す、故に悔改めよと教へて之を救はんと欲す。吾人社会主義者は、戦争の原因を以て経済的競争に帰す、故に経済的競争を廃して之を防遏《ぼうあつ》せんと欲す。」と。しかしこの宣明は当時の世人から少しも顧みられなかった。この一事は、と啄木は言う、「日本人――文化の民を以て誇称する日本人の事物を理解する力の如何に浅弱に、さうしてこの自負心強き民族の如何に偏狭なる、如何に独断的なる、如何に厭ふべき民族なるかを語るものである。」と。

批評家啄木の面目躍如たる言葉だが、当時日本の言論界のトルストイに対する反応は、翁の意見はロシアには適切だが日本には当たらないというのだった。啄木も、当時の自分を振り返って、雑誌時代思潮の英文で読んだが、「流石に偉い。然し行はれない。」だった。「予も亦無雑作に戦争を是認し、且つ好む『日本人』の一人であったのである。」それから八年たった。（足掛け、である。これは明治四十四年の文章だから。）トルストイは亡く、日本の海軍は日米戦争の準備をしている。（啄木の洞察力に驚く。日米戦争は三十年後である。）

「予はただ翁のこの論に対して、今も猶『偉い。然し行はれない。』といふ外はない。但しそれは、八年前とは全く違った意味に於てである。」

八年前が「無雑作に戦争を是認し、且つ好む『日本人』」つまり単純な国家主義・民族主義だったとすれば、今「全く違った意味に於て」とは、純粋個人主義も考えられないことはないが、上に社会主義以外に正当な意見がなかったことからも、社会主義者への同情溢れる言葉からしても、社会主義者として、大逆事件で殺された幸徳秋水の衣鉢を継ぐ者として、の意味以外にはない。

つまりこの文章は、啄木の社会主義者たる宣言であると共に、少年の日の日露戦争への対応の懺悔なのである。

平岡は上掲大著の「国家と文学」で、戦中の啄木をとりあげ、「戦雲余録」が「もっともよくまとまっている」と云うが、僕に言わせればこの「戦雲余録」(『岩手日報』明治三十七年三月三日―十九日)こそ、彼が「無雑作に戦争を是認し、且つ好む『日本人』」だった証拠である。

まず保守的になった文明を救うものは革命、堕落した平和を救うものは戦争だ、といって戦争の文明史的意義を強調する。

従って非戦論者の平和を無気力の鼓吹と笑う。偉大なる平和は幾多の戦争によって形成される。「今や挙国翕然《きゅうぜん》として、民百万、北天を指して等しく戦呼を上げて居る。」

ポーランドの独立運動に同情し、「満州の義戦と云ひ、波瀾の風雲と云ひ、等しく之れ、無道に対する正義の宣戦である。」

ポーランドの労働者「彼等下級社会の自由児」は、独立の急先鋒となるであろう。また作家シェンキイウイッチの「クワウ・ワヂス」を紹介し、「あゝ此日此時、彼天外の愛国詩人は、抑々如何なる事をなしつゝあるであらうか。」

「露西亜程雑駁な国民を持つ」国はない。獅子や虎のような強い者もあるが、「タタールとか、西伯利亜土民とか、甚だしきはエスキモーなどと云ふ下等人種をもふくんで居る。こんな国民に挙国一致を望むのは」無理。まして「奴隷と云ふ語と、国民と云ふ語が殆んど同意義に思はれて居る」圧制国なのだから。

「露国は我百年の怨敵であるから、日本人に取って彼程憎い国はないのであるが」哀れでもある。農民は奴隷、皇帝もとらわれの身、日露戦争が「満州に於ける彼我の権利を確定して東洋の平和に万全の基礎を与へるのみでなく」「露国を光明の中に復活させたい」。最後も、日露戦争の結果、暴圧から彼等ロシアの民を救い出せたら、と言う。

革命や詩人など啄木らしいタームは随所にありながら、帝国主義同志の戦争を肯定する。その意味では敵を罵るという時流に完全に埋没した文章である。むしろ独自の啄木らしさを出したものは、これに続く「渋民村より」(『岩手日報』明治三十七年四月二十八日——五月一日)であろう。

これは戦勝を賀しつつ早くも「戦後国民の覚悟」を説く。それには一大理想的天才が必要だ。「新独逸を導きて、敗れたる国の文明果して劣れるか、勝たる国の文明果して優れるかと叫べるニイチェの大警告に恥ざる底の発達を今日に残し得たる」ビスマルクのごとき巨人が。それには彼に警告を与えたニイチェのごとき天才が必要なのだ。

「吾人は、トルストイを有し、ゴルキイを有し、アレキセーフを有し、ウヰッテを有する戦敗国の文明に対して何等後へに瞳若たるの点なきや否や。」戦いに敗けたロシアがあまたの天才を有しているのに、勝った日本はどうか。（当時の啄木は「雲は天才である」でも「露西亜は日本より豪い」、「林中書」でも「戦争に勝った国の文明が、敗けた国の文明よりも優って居るか怎か？」と問う。）こんなことでは、「我が父祖の国をして屈辱の平和より脱せんが為に、再び正義の名を借りて干戈《かんか》を動かさしむるの時に立ち至らざるや」つまりもう一度戦争せざるを得なくなるかもしれない。この洞察力も凄い。日露戦争は終わっていなかったのだ。四十一年後の昭和二十年にスターリンによって再開されるのだから。それ故天才を求むるは急務である。啄木は自らビスマルクになれれば、ニイチェになれれば良いのだが、自分は詩人だ、そこで「愛国詩人キョルネルが事」が浮上する。

「時は千八百十三年、モスコーの一戦に辛くも巴里に遁れ帰りたる大奈翁に対し、普帝が自由と光栄の義戦を起こすべく、三月十七日、大詔一下して軍を国内に徴するや、我がキョルネルは即日筆を擲って旗鼓の間に愛国の歩調を合し候ひき。……彼乃ち絶叫して曰く、人生に於ける最大の幸福の星は今や我生命の上に輝きたり。あゝ祖国の自由のために努力せむには如何なる犠牲と雖ども豈尊しとすべけむや。力は限りなく我胸に湧きぬ。さらば起たむ、この力ある身と肉を陣頭の戦渦に曝さむ、可ならずや、と。」こうして彼は帝室劇詩人の栄職を捨て、父母に離れ、恋人に別れて「血と剣の戦野に奮進しぬ。」陣中にあること僅かに十六旬、二十三歳で戦死したが、「彼の胸中に覚醒したる理想と其健闘の精神とは、今に生ける血となりて独逸民族の脈管に流れ居候。」だからゲーテ、シルレル以下ビスマルクまでを民族の根と葉だとしたら、キョルネルは疑いもなく不滅の花だ。

「鉄騎十万ラインを圧して南下したるの日、理想と光栄の路に国民を導きたる者は、普帝が朱綬の采配に非ずして、実にその身は一兵卒たるに過ぎざりし不滅の花の、無限の力と生命なりしに候はずや。」啄木の言葉は層々と重なり流れるように出てくる。皇帝よりも詩人が国民を導く。詩人の生命力とその使命。これが啄木のオリジナリティだった。

「マカロフ提督追悼の詩」の核心もここにある。平岡は「東京市民が白提灯で哀悼の行列をした」こと、明治の人々が敵将を讃えたことも示し、啄木の「国家主義が排外的な国粋主義の埒外にあること」「英雄崇拝的ロマンティシズムにおわらぬ、『故国の運命』を担って戦死した敵将マカロフへの人間的共感がうたいこめられている。」さらに「日本という『国家』を超えることで、『故国の運命』をになって戦死した提督マカロフをたたえている」と、ヒュウマニズムからインターナショナリズムへの幅広い魅力を指摘したが、それだけではあるまい。

……万軍の
敵も味方も汝が矛地に伏せて、
今、大水の響に我が呼ばふ
マカロフが名に暫しは鎮まれよ。

この荘重、沈痛の「敵も味方も……」「マカロフが名に……」のリフレイン四度の間に、

……胡天の孤英雄、
君を憶へば、身はこれ敵国の
東海遠き日本の一詩人、
敵乍らに、苦しき声あげて
高く叫ぶよ、……

と、敵ながら、孤英雄と一詩人の連帯を欲し、

ああよしさらば、我が友マカロフよ、
詩人の涙あつきに、君が名の
叫びにこもる力に、願くは
君が名、我が詩、不滅の信とも
なぐさみて、我この世にたたかはむ。

君の名は不滅だ、我に力を与えて欲しい。英雄と詩人とは世と闘うもの同志だから、共に手を携えよう。「我この世にたたかはむ。」ここに啄木の生涯を見通す一本の道が見えていた。それ故に名詩だと思う。

啄木の日露戦争とは、詩人の使命を自覚したこと。それは優れた文化を創るべく国民・民族を導くことで、それには敵であれ古人であれ、英雄と連帯して、世と闘わねばならぬ、と生涯続くテーマを確認したことであろう。再発見だった。既に歌っていたから。

血に染めし歌をわが世のなごりにてさすらひここに野に叫ぶ秋

「明治三十五年の十月にはじめて『明星』に載った啄木の歌だが、ふしぎに、彼の不屈に生きぬいた生涯の姿を示している。」と僕は前著『石川啄木』（一九八一年五月勁草書房）の冒頭に言っている。

2　宮沢賢治とシベリア出兵

手紙から

シベリア出兵とは、一九一八—二二年（大正七—一一）チェコ軍救援の名目のもとに日本がアメリカ・イギリス・フランス・イタリアなどと共にロシア革命に対する干渉を目的としてシベリアに出兵した事件、日本の軍隊は他国撤退後も単独駐留したが、失敗に終った、と『広辞苑』にはある。当時の新聞、例えば『朝日』を見ると、大正七年は一月始めからロシアの過激派がシベリアの各地を抑え始めたことが報じられ、一月十三日には（だから事実は十二日）「不穏の浦潮　軍艦を派遣／同胞と連合国民の保護は日本の責任」と見出しの記事が出た。数日後浦潮市長の抗議声明を載せたが。これは日英共同でしたこと。四月五日には日英陸戦隊がウラジオストクに上陸、八月二日に日本政府のシベリア出兵宣言が出される。

このように大正七年は日本を中心に極東に国際的な緊張が高まり、局地戦ながら戦争の始まった年ゆえ、兵役適齢期の青年、特に気候が比較的に近いのでシベリアにもって行かれる可能性の高い東北地方の青年には戦慄が走ったことだろう。宮沢賢治にとっても、この年三月には盛岡高等農林専門学校を卒業するわけで、卒業後の進路をどうするか、さしあたり学校に研究生として残ることで徴兵延期を願い出るか、そういうことはしないで徴兵検査を受け、その結果戦争に行くなら行く、戦死するならすると運命を甘受するかで、年初から父との間に論争が、主に手紙の往復の形で、繰り返された。

「次に徴兵の事に御座候へども右に就ては折角御思案下され候処重ねて申し兼ね候へども来春に延し候は何としても不利の様に御座候　斯る問題はその為仮令結果悪くとも本人に御任せ下され候方皆々の心持も納まり候間何卒今春の事と御許し下され度候　仮令、半年一年学校に残るとしても然く致し下され候はば入営も早く来々年よりは大抵自由に働き得る事に御座候　右御願候は左の理由に御座候

一、小生の只今の信ずる所により
一、父上の御勧めに従ひ万一却て戦死等の事有之候とき誠に御互に不本意なるにより
一、御心配を更に来年に延す事御申し訳けなきにより、
一、孰《いず》れにせよ今後の方針を早く定めたきにより、
一、若し首尾よく除隊し得るときは直ちに来々年より自由に幾分たりとも御役に立ち得るにより、
一、小生の今年検査を受くるにならひて本年の検査を恐れざる友人等あるにより申し候」

（大正七年二月一日　父宮沢政次郎宛）

徴兵検査及び徴兵の延期を望まない理由の中の大きな一つは、兵役などは早く済ませてしまって、出来るだけ早く自由に自分の研究にとりかかりたいためだった。では彼は何をしたかったたか。それを言う前に、そのことが実はもう一つのことに絡んで出て

くるので、先ずそれを言わねばならぬ。

上の手紙は、引用部分の前にこんなことを言っていた、実は本日関教授から、卒業後の方針を聞かれ、こんな相談を受けた、「それは未だ確定無之事に候へども稗貫郡にて今春より三ヶ年の予定にて土性の調査を致すとの事にて之を学校に依頼し来るべきとの事に御座候。」教授が如何に県または郡の役人とツウカアであるかがわかる。身分は学校の研究生だが、費用は稗貫郡から出る、君か鶴見君かどちらか残って貰いたいが、どうだ、君やらんかというわけだ。しかし賢治は言う、「扨て右は兼ねて父上の御勧め下され候如く研究科にも残り稗貫郡の仕事にても有之又研究中も大体二十円位は得べく誠に好適なる様に御座候へども小生は之を望み兼ね申し候　研究科には残り候とも土性の調査のみにては将来実業に入る為には殆んど仕方なく農場、開墾等ならば兎に角差当り化学工業方面に向ふには全く別方面の事に有之候」。土性調査などは研究とは名ばかりの単なる分析調査に過ぎず、自分の将来やりたい実業、それも化学工業方面とは全く方向が違うのだ。せめて膠状《こうじょう》化学、有機化学ならまだしも。だから学校に残るとしても、自費で諸方会社の見学、改良法の実験等のみをなし得るよう、助けてくれませんか。くだらない土性調査に捕まって三年間も自由に働けなくなったら大変、それに金がないとわかっている稗貫郡から金を貰うのも考えもの、と賢治は言う。だからこれに続く徴兵検査の件でも、仮令学校に残るとしても延期は望まない、早く軍隊に行けばそれだけ早く嫌な土性調査から解放され、以後自由に自分のしたい事が出来るわけだ。それが「来春に延ばし候は何としても不利」の「不利」の内容だった。賢治を、その生涯は岩手農民の為に捧げた人と思い込んでいる向きにはまことに不都合の話だが、彼は地味な土性調査などは全く無意味と思って、自分にはしたい事があると思っていた。それは何か。この手紙の最後に「小生の只今の目算」を挙げて、嫌いな筈の「土性調査に手伝ひ」と言う。ここが彼のやさしいところで、「虔十公園林」の虔十のように人には反対出来なかったのだろう。

「三月中は勉強四月に至りて学校の図書館に通ひ旁々岩手郡の土性調査に手伝ひ、五月検査を受け合格ならば十一月迄学校にて勉強を許し戴き或は花巻にて行ひ得る飴製造工業の下地位を作り置き十二月より入営、若し不合格ならば六月迄学校の土性調査に手伝ひ旁々幾分の見学をも致し七月頃よりは沃度製造或は海草灰の製造、或は木材乾溜乃至は炭焼業に着手致しつゝ今後の研究を致したくと存じ候」

これは翌日二月二日の父宛手紙に、「依て先づ暫らく山中にても海辺にても乃至は市中にても小なる工場にても作り只専に働きたく」とあるのにピタリと重なる。小工場を作って働きたい、市中だったら飴の製造、海浜だったら沃度や海草灰の製造を、林中だったら木材の乾溜や炭焼きをしたい。賢治が後に水沢の伊藤家（大島の伊藤七雄や妹チヱの兄の家）を訪ねたのも、チヱとの見合い話などでなしに、同家が市中に飴ならぬ落雁粉の（そこから発展して後には軍用携帯保存食の）製造工場を経営していた(1)からであろう。海浜の工場も、彼が砕石工場へ行く前、どっちにしようかと迷ったことだし、林中の工場は「ポラーノの広場」がそれで、炭焼きなら「かしはばやしの夜」始め沢山の作品に現れる。そういう事をしたかったのだが、賢治の特徴は、実はそれらで生活の基礎を作っておいて、その先に「今後の研究」があるところにこそある。詳しくは前著『宮沢賢治の手紙』（大修館書店　一九九五）の大正七年の章を見て欲しいが、父に報ずるに、最小規模にのみ産出し今後最も注目される土石・鉱物・原子としてウラニュウム、イリヂウム、オスミウム、セレニウム、タングステン、チタニウム、タンタラム、等があり、それらは定性分析によってのみ発見されるから、例えば林産製造の傍ら装置を作って実験したい。（賢治はことによると原子化学、原子物理学へも進み得る人だった。）岩手県にはこれらの母岩たる蛇紋岩が多いから、有望だ。いっそ家が工業材料店になればよい。これで大儲けをしたら、自分はもう一度東京の大学で勉強する。更に西洋へ勉強に行く。そして最後は法華経を大量に印刷して中国、インドに配りたい。

これらは賢治自身で実行したり、童話の主人公に実行させたことだった。こういう目標があるから、土性調査などで無駄な道草を食うより、早く兵役を済まし、その間シベリアへ行くのもしかたがない、とにかく早く自分の研究にかかりたかったのだ。無論当時の賢治が土性調査を嫌った事と、それにも関わらず調査のためにイーハトーブを歩いたことが賢治の思想と文学の形成に大いに役立った事とは矛盾しない。

思想から

以上は賢治が自己将来の志望に直進するため、兵役は忌避しない、シベリアへ行ってもよろしいと考えたことだが、そこには今一つ、信仰という世界観・思想の問題が介在した。上記の手紙で理由を列挙した第一条「小生の只今の信ずる所により」である。これが、やはりこの年彼の身辺に起こった重大事件、親友保阪嘉内が学校を除名されたこととからんで登場する。保阪は、賢治たちと出していたガリ版の同人雑誌『アザリア』に、「ほんとうにでっかい力。力。力。おれは皇帝だ。おれは神様だ。おい今だ、帝室をくつがえすの時は、ナイヒリズム。」と書いたため、学校から除名された。一種の大逆事件であった。賢治は保阪に云う、

「春が来たら私は兵隊靴をはいて歩ける位歩きまはり稼げる位稼いでこのかなしみをかくさうと思ってゐました。春は来ましたがあなたは今ごろはやぶれかぶれで怒ってゐるでせう。私はまたあなたが静かに笑ふとも考へる。私ならばさうした。退学も戦死もなんだ　みんな自分の中の現象ではないか　保阪嘉内もシベリヤもみ

んな自分ではないか　あゝ至心に帰命し奉る妙法蓮華経。世間皆是虚仮仏只真。」
（保阪嘉内宛手紙　大正七年三月十四日前後）

兵隊靴は本来は兵隊の履く頑丈な靴だが、当時は学生や労働者など誰もが履いた、どこででも売っていたから。「このかなしみ」とは、引用部分のすぐ前に、「功利よきさまはどこまで私をも私の愛する保阪君をもふみにじりふみにじり追ひかけて来るのか。……功利は魔です。あゝ私は今年は正月から泣いてばかりゐます。父や母や私やあなたや。」とあるので、めちゃくちゃ歩き廻ることで、魔であるところの功利、またの名は利己、自我を振り払おうとしていたというのだ。そしてここの後半に、真に賢治の、賢治らしい思想が展開される。君の退学も私の戦死も、そんなものらはどこにも無いのだ。それらは、自分の内なる現象に過ぎないのだから。いや、もともと保阪嘉内という存在も、シベリアという現実も、そんなものらもどこにも無いのだ、みんな自分で作り出した現象に過ぎないのだから。一切の事物は存在しない、ただ存在するものは、天地を貫く法則・妙法蓮華経だけで、他はその現れたる現象に過ぎないのだ。

同じ頃、佐々木又治宛の手紙では、私は毎日雪の上を歩いている、猿や熊の足跡にも出会う、ピストルが欲しい、「ケレドモ熊トテモ私ガ創ッタノデスカラソンナニ意地悪ク骨マデ喰ウ様ナコトハシマスマイ。」という。「熊トテモ私ガ創ッタノデスカラ」には現象家賢治の面目躍如だろう。対象は動物とは限らない、「本当ニコノ山ヤ川ハ夢カラウマレ、寧ロ夢トイフモノガ山ヤ川ナノデセウ。」とも言っている。山川草木、動物植物、自分皆現象なのだ。

つきつめれば、『心象スケッチ　春と修羅』の序に云う、

わたくしといふ現象は
仮定された有機交流電燈の
ひとつの青い照明です
（あらゆる透明な幽霊の複合体）
風景やみんなといつしよに

せはしくせはしく明滅しながら
いかにもたしかにともりつづける
因果交流電燈の
ひとつの青い照明です
(ひかりはたもち　その電燈は失はれ)

ということになるだろう。賢治の詩は二部合唱だから、カッコの中は低音部で、高音部と低音部の掛け合いで歌われていると思えばいい。

こんな思想を持った宮沢賢治だから、シベリア出兵に戦死することなど、なんとも思わなかったろう。二月二十三日父宛手紙にも、「今晩等も日露国交危殆等と折角評判有之定めし御心痛の御事と奉察候へども　総ては誠に我等と衆生との幸福となる如く吾をも進ませ給へと深く祈り奉り候間　……万事は十界百界の依て起る根源妙法蓮華経に御任せ下され度候。誠に幾分なりとも皆人の役にも立ち候身ならば　空しく病痾にも侵されず義理なき戦に弾丸に当る事も有之間敷と奉存候。」心配されず、妙法蓮華経にお任せ下さい。私が人の役に立つ身ならば、病気にもならず、弾丸に当たることもないでしょうという。

「まことのみんなの幸のために私のからだをおつかひ下さい」とは、「銀河鉄道の夜」のさそりやジョバンニ、「よだかの星」のよだか、「グスコーブドリの伝記」のブドリらの祈りであり、賢治その人の思想だった。また彼はシベリア出兵を「義理なき戦」と断じたのではない。すぐ後ろでは「義ある戦ならば勿論の事にて御座候。」と言っているから、正義の戦争か不正義の戦争かを問わないのだ。ただ「私一人は妙法蓮華経の前に御供養願上候。」私の身体は供物として法華経の御前に捧げて下さいとは、彼が何度も父に頼んでいることである。

だから、「保阪嘉内もシベリヤもみんな自分ではないか」であり、「仮令シベリヤに倒れても瞑すべく」であり、ずっと後のことだが、国柱会に入会した時、田中智学先生の「御命令さえあれば私はシベリアの凍原にも支那の内地にも参ります。乃至東京で国柱会館の下足番をも致します。それで一生をも終ります。」（保阪嘉内宛　大正九年十二月二日）と言った。このファナティックこそ賢治の思想だった。

童話から

賢治の文学作品、中でも童話で、シベリア出兵を思わせるものは「烏の北斗七星」であり、それでも出現した北方の仮想敵国ソヴィエト・ロシアを思わせるものは「氷河鼠の毛皮」である。

「烏の北斗七星」は、童話集『注文の多い料理店』（大正十三年十二月）に収められ、目次に（一九二一・一二・二一）のデートを持つ。つまり大正十年十二月（賢治が花巻農学校の教師となった月）の作品という事になっている。かつての大戦に、戦没学徒の一人佐々木八郎が、賢治の「人間としての美しさへの愛……深味のある、東洋的の香りの高い、しかも暖みのこもったその思想」に共鳴し、「烏の北斗七星」中の戦争観はそのまま僕の現在の気持、と言って、烏の大尉の戦闘前夜の祈り、また戦闘後の祈りを挙げて、「『愛』と『戦』と『死』といふ問題についての最も美しい、ヒューマニスティックな考へ方」と賞賛して以来[2]、大変有名になった作品で、僕らの感想もまたこれ以外には有り得ないと思う。即ち烏の大尉は、「おれはあした戦死するのだ。」と呟きながら、許嫁のいる杜の方を見、彼女の祈りを聴いている、

「じぶんもまたためいきをついて、そのうつくしい七つのマヂエルの星を仰ぎながら、あゝ、あしたの戦でわたくしが勝つことがいゝのか、山烏がかつのがいゝのかそれはわたくしにわかりません、たゞあなたのお考のとほりです、わたくしはわたくしにきまつたやうに力いつぱいたゝかひます、みんなみんなあなたのお考へのとほりですとしづかに祈つて居りました。そして東のそらには早くも少しの銀の光が湧いたのです。」

この「あしたの戦でわたくしが勝つことがいゝのか、山烏がかつのがいゝのかそれはわたくしにわかりません」は、日本軍の思想ではないだろう。日本国、日本民族の思想でもない。そこでは日本が勝つがいいに決まっている。いや、勝たねばならぬのだ。すると賢治の思想は、狭い日本を越えた思想である。それ以上の権威者を持った思想である。

戦闘の後の思い＝祈りはこうである、

「鳥の新らしい少佐（大尉が昇進した）は、お腹が空いて山から出て来て、十九隻に囲まれて殺された、あの山鳥を思ひ出して、あたらしい泪をこぼしました。……（あゝ、マヂエル様、どうか憎むことのできない敵を殺さないでいゝやうに早くこの世界がなりますやうに、そのためならば、わたくしのからだなどは、何べん引き裂かれてもかまひません。）マヂエルの星が、ちやうど来てゐるあたりの青ぞらから、青いひかりがうらうらと湧きました。」

この「憎むことのできない敵を殺さないでいゝやうに早くこの世界がなりますやうに」とは、これも日本軍の、日本国の、日本民族の思想を越えている。何故なら天皇の御命令に従うという倫理と論理を越えているから。

こう思うと、神聖なる絶対的天皇像が狂信的に荒れ狂った戦争下に、経済学徒として戦争の帰趨を見透しながら、「鳥の北斗七星」どおり「われわれは、われわれにきまつたやうに力一杯働くのみ、」そのことで「新しい世界史に於ける主体的役割を」果たすであろう、と言った学徒・佐々木八郎は偉いと言わざるを得ないし、現在もなお、同じ天皇制の精神的地盤が穏微にではあるが継続していると思うと、賢治の有効性はまだまだなくならないと思う。

小森陽一は、この作品で烏を軍艦と艦隊にたとえた事を、「あの作品が書かれた時期にはワシントンでの海軍軍縮会議（大正十・一九二一年―大正十一・一九二二年）があり、それが新聞報道されていました。アメリカとイギリスの、日本の太平洋戦略を抑えるための条約です。当時、条約を守っているかどうかは、艦艇を航空写真で撮影して調査しました。『烏の北斗七星』では、雪原に烏が艦船の形をして見えたはずで、そういう同時代の状況が背景にあったのではないでしょうか。」と言っている。(3) なるほど賢治の頭に軍縮会議も在ったかも知れないが、航空写真を持ち出す迄もない、小森は札幌で見た筈なのに忘れているのだ、雪原に烏が舞い降りて点在して居るのは、遠くから見るとあたかも軍艦のように見える事を。私は弘前の城址公園で見て、なるほど烏の義勇艦隊とはこれかと思ったのである。

なお小森は、「『烏』は、上官の命令なく、『山烏』を殺して進級した。多分、それで前線に行かなくて済むようになった。そこには戦場での生死を賭けた兵士の感覚がある。そういうオブセッションがないと『烏の北斗七星』は書けないと思うのです。」

と言って、なかなか鋭いところも見せている。

上官の嫉妬から一個中隊が雪に埋もれ、やがては烏の餌食になるという、黒島伝次「渦巻ける烏の群れ」はシベリア出兵を描いた日本文学の傑作だが、その烏を主人公にしたこれも、小森の言うような戦闘者の内心の戦慄を、それを超えようとする立場で描いたなかなかのものである。

その際賢治は、リアリズムだけでなく、余裕をもって描いている。

「一人の子供が、いつか斯う云つたのでした。
『おい、この町には咽喉のこはれた烏が二疋ゐるんだよ。おい。』
これはたしかに間違ひで、一疋しか居ませんでしたし、……」

わざとどうでもよい寄り道をするような、ゆっくりした進め方をしている。かと思うと夜中のこと、

「たうとう薄い鋼の空に、ピチリと裂罅《ひび》がはひつて、まつ二つに開き、その裂け目から、あやしい長い腕がたくさんぶら下つて、烏を握んで空の天井の向ふ側へ持つて行かうとします。烏の義勇艦隊はもう総掛りです。みんな急いで黒い股引をはいて一生けん命宙をかけめぐります。兄貴の烏も弟をかばふ暇がなく、恋人同志もたびたびひどくぶつつかり合ひます。

いや、ちがひました。

さうぢやありません。

月が出たのです。青いひしげた二十日の月が、東の山から泣いて登つてきたのです。そこで烏の軍隊はもうすつかり安心してしまひました。」

これは何だろう。賢治の描く画の幾つかにあるように、シュールリアリズムで描いた月の出だ。

上に引用した祈りの所でも、「東のそらには早くも少しの銀の光が湧いたのです。」「マヂエルの星が、ちやうど来てゐるあたりの青ぞらから、青いひかりがうらうらと湧きました。」とある。朝を「桃の果汁のやうな陽の光は、まづ山の雪にいっぱいに注ぎ、それからだんだん下に流れて、つひにはそこらいちめん、雪のなかに白百合の花を咲かせました。」という。

そんな遊び心と共に描いたシベリア出兵の兵士の心であろう。

「氷河鼠の毛皮」は、『岩手毎日新聞』大正十二年四月十五日に出たもの。第三面一頁（七段）をこれだけで占めている。

「このおはなしは、ずゐぶん北の方の寒いところからきれぎれに風に吹きとばされて来たのです。氷がひとでや海月やさまざまのお菓子の形をしてゐる位寒い北の方からとばされてやつて来たのです。十二月二十六日の夜八時ベーリング行の列車に乗つてイーハトヴを発つた人たちが、どんな眼にあつたかきつとどなたも知りたいでせう。」と始まる。

発車の様子。一つの車には十五人ばかりの旅客、まん中に顔の赤い太った紳士がどっしりと腰掛け、アラスカ金の大きな指輪、十連発のぴかぴかする鉄砲もこれ見よがしに、一杯に着込んだ毛皮の自慢を始め、中でも氷河鼠の頸のとこの毛皮だけ四百五十疋分でこしらえた上着がご自慢、着いたら黒狐の毛皮九百枚は持って来てみせると豪語し、ウヱスキーをやりだすイーハトヴのタイチである。向こうの隅には痩せた赤ひげの人が北極狐のように人の話を聴きすまし、こちらの斜かいの窓際には帆布の上着の若者が自分にだけ聞こえる口笛を吹いている。

ところが続橋達雄はこの作品についてこう云う、「さて、大正一一年一二月一二日と一三日の東京日日新聞は、『海賊船大輝丸事件』『大輝丸乗組員自首』の見出しで、センセーショナルな事件を報道した。その大要は、北樺太近海で、露船などを襲っては乗組員全員を惨殺し、その船荷を掠奪していた大輝丸のことが、芝浦帰港後一週間ほどして判明したというのである。首謀者数名を除く他の船員は、砂金掘出しの甘言に乗せられて応募し、たこ部屋にも等しい扱いをうけていた。かれら船員たちの自首によって海賊行為は明るみに出、大正一四年の判決で、首謀者は懲役一二年に処せられた。」と『新聞記録集成』を使って云い、賢治が一二月二六日を強調している日付の近似性と内容が列車強盗事件である事と、北樺太近海とベーリング行列車との地域

的共通性とから、「作者は、大輝丸事件に触発されて『氷河鼠の毛皮』を書いたのではないか、と推察される。」と云う。(4)

世に行われている賢治論には随分おかしなものもあるが、これもその一つだろう。タイチが「注文の多い料理店」に出てくる「放恣な階級」の一人と言うのはいいが、帆布の若者の「唇は笑ふやうに又なくやうにかすかにうごきました。」は「よだかの星」や「雁の童子」などの「死の表情に通ずる」と言い、この若者の活劇の時の言葉、

「おい、熊ども。きさまらのしたことは尤もだ。けれどもなおれたちだつて仕方ない。生きてゐるにはきものも着なけあいけないんだ。おまえたちが魚をとるやうなもんだぜ。けれどもあんまり無法なことはこれから気を付けるやうに云ふから今度はゆるして呉れ。」

を、「放恣な階級への皮肉・揶揄であろうが、このせりふは同時に生きていることの

つらさ＝『よだかの星』などの問題にもつながっている。」と云ったのは作品から飛躍しすぎている。

「こうして、大輝丸事件は、作者自身の問題にすりかえられ、金持ち階級批判と生きることのつらさとが表面に押しだされる。」と続橋は云ったが、この作品が読めているのだろうか。これは彼の云うような列車強盗などではないのだ。列車強盗ならば、乗客全員が殺されたり金品を奪われたりするだろう。ところが相手はタイチ一人を拉致しようとする。「黒狐（動物）を捕りに出かける人間が、逆に熊（動物）からその生命を奪われようとする設定は」などと云う続橋は、「熊」を本当の動物のクマと思っているようだが。「赤ひげは熊の方の間諜だったね」と言われた赤ひげは「男」「人」と明記されているし、「熊」も登場する時はこう書かれている、

「そのあとから二十人ばかりのすさまじい顔つきをした人がどうもそれは人といふよりは白熊といつた方がいゝやうな、いや、白熊といふよりは雪狐と云つた方がいいやうなすてきにもく〳〵した毛皮を着た、いや、着たといふよりは毛皮で皮が

できてるというた方がいゝやうな、ものが変な仮面をかぶつたりえり巻を眼まで上げたりしてまつ白ないきをふう〳〵吐きながら大きなピストルをみんな握つて車室の中にはひつて来ました。」

これが熊だろうか。人だろう。「人」「毛皮を着た」「仮面をかぶつたりえり巻を眼まで上げたりして」「ピストルをみんな握つて」と明記されている。

昭和戦前、戦中に、熊が北方のソヴィエト・ロシアを指すことは常識であろう。当時の少年間に爆発的人気のあった長編漫画「のらくろ」でも、日本兵は犬、支那兵は豚、ロシア兵は熊で表されていた。

「氷河鼠の毛皮」は、日本人の天然資源の乱獲、ムダ遣いもいけないが、やたらと拿捕《だほ》、拉致しようとするロシアも良くないよ、と言っているのだろう。そのことでこの作品は、北方領土をめぐる今日の課題にも応えている。

筑摩版全集の解説で天沢退二郎は、「それにしてもあのイギリス風の紳士たちが山猫に食われる寸前に助かったごとく、このタイチも帆布の青年によって救われねばならない。このときの青年の演説は、毅然としているが、同時に苦しい。」と言ったが、賢治のソヴィエト・ロシアへの好意と抗議だと思へば、少しも苦しくない。「虔十公園林」でも、子供達が小さな杉の並木道に付ける名前の一つは、ロシヤ街道であって、賢治の北方ロシアへの好意はあらわである。

しかし、盛岡中学十一年先輩の石川啄木が、その晩年に、

われらの且つ読み、且つ議論を闘はすこと、
しかしてわれらの眼の輝けること、
五十年前の露西亜の青年に劣らず。
われらは何を為すべきかを議論す。
されど、誰一人、握りしめたる拳に卓をたたきて、
'V NAROD!'と叫び出づるものなし。

（「はてしなき議論の後」一九一一・六・一五）

と歌って、ロシア革命青年への満腔の憧憬を示したのとは、賢治の気持はだいぶ変わって来ている。その後昭和八年前後つまり戦前と、戦後に啄木は復活し、そして今日では代わって賢治が復活している。文学者・詩人とその作品の運命は、時代時代の要請に応じて変わるものだから仕方がない。

（1）米田利昭「土屋文明と『日本の母』」（『短歌』一九九三年一月）
（2）佐々木八郎「『愛』と『戦』と『死』――宮沢賢治作『鳥の北斗七星』に関連して」（『はるかなる山河に』一九四七年その他）
（3）「座談会・宮沢賢治」（『すばる』一九九九年四月）中の小森陽一の発言。
（4）続橋達雄『宮沢賢治・童話の世界』（一九七五、桜楓社）

大輝丸事件とは　『東京日日』だけでなく『東京朝日』も報じた。『朝日』は事実らしく、『日日』は面白おかしく。大輝丸の乗組員三名が弁護士に伴われ警視庁に自首したのが発端で、一味は逮捕され、連日センセーショナルな見出しと記事が続く。「去る九月十五日の夕暮のこと、芝浦沖合にどこからどうして来たのか一艘の漁船が繋留されてゐた。と日毎夕闇に乗じて五六十名のエタイの知れない怪げな連中が人目をさけながら盛んにその船に出入してゐたが別段怪まれもせず越えて十七日の早朝この怪げの船は東京湾をかなたに帆をあげた。その行衛は何処だらう?」とは日日。団長は撃剣道場主江連力一郎、大輝丸を借り、邦人がオホツクに残した砂金塊を掘り出すのだと一獲千金を餌に手配師を通じて人夫を集め、館山、小樽を経て北樺太の亜港（アレクサンドロフスク）へ、内地を離れると江連の配下はピストルを手に「俺達の云う通りにしろ」と脅迫、そこで亜港着と同時に、六十三名中四十名は団結して江連に談判、返答によっては上陸して「露国義勇艦隊に依頼して帰国しやう」と決心、ところがオホツクへ行けば砂金のほか炭鉱、石油田九十万町歩ある、同胞が血を流して得た鉄、木材もある、これらを山分けにするからと言いくるめられ、尼港（ニコライエフスク）へ着いたが何等得るところなく、帰途また銃を突きつけ、海賊行為に荷担せよ、と。露船を発見、「いい獲物だとばかり同船に近寄って乗り移るや否や、船貨や船体まで占領して……残忍にも、船長以下朝鮮人まで十一人を殲殺《みなごろ》しにした、船長は、まさに殺されんとする間際に『自分にはただ一人の妻がゐるそれは今函館にゐる自分が殺されたら後の事はよろしく頼む』とくれぐれも頼んで白刃のもとに露と消えうせた」は日日。朝日も負けずに、「尼港を出帆して帰港の途中一隻の帆船に出会った際後藤通訳は露語で停船を命じた後先づ江連は日本刀を左手に提げ後藤はピストルを右手にして件の帆船に飛びうつったが、二言三言誰かが叫ぶと間もなく江連はエイッと気合を入れた其刹那林檎の皮を剝きかけて居た該船の船長らしい男は肩から袈裟掛けに斬り下られ真二つになって倒れて終った　此勢に辟易した他の露支人十名程は何等抵抗する力もなく小さくなって慄へ上って居たが江連は容赦なく殺し船の積載物を掠奪した」と。もっとも異説もあってその前に捕らえたランチの露人四人と共に、大輝丸に拉致して後殺したとも。こうして奪った鮭鱒魚油等を小樽で一万円に売り、人夫に百十円づつやって解散した、というのがあらまし。札幌で逮捕され、護送される江連夫婦の様子と黒山の見物人。女房お梅はハイカラ美人だが背一面に娘の艶姿の入れ墨。取調に対し江連は尼港事件の仇

討ち と云い、駐日露国代表格のアントノーフは「ロシアは出兵はせぬ」と言う。これが下火となる頃、露国美人女優アンナが五味大佐（或いは中山少佐ともいう）を慕って東京へ来た記事が連日賑わわせる。大輝丸もアンナもシベリア出兵の後遺症であろう。どさくさまぎれに荒稼ぎに行った男の話は「氷河鼠の毛皮」の背景といっても内容が違う。ただ「露国の義勇艦隊」の語が出てきて「烏の北斗七星」の「義勇艦隊」はこれだった。

五天才

宮沢賢治に「貝の火」という童話がある。原型は相当初期の作品らしいが、後に述べる理由によって、晩年完成された作品かと思う。或いは賢治という人の思想が初期も晩年もそう変わらなかった例になるかもしれない。

とにかく、「貝の火」とは恐ろしい話である。初夏の或る晴れた日に野原に遊びに出た子兎ホモイは、川に落ちてもがきながら流れてくるひばりの子を、勇気を奮って飛び込んで助ける。恐ろしさに口をへの字にしながら、水を飲みながら、岸の柔らかな草の上に投げあげ、自分もはね上がる。

熱病にかかったホモイは、それが治った晩、ひばりの親子から礼と共に「私どもの王からの贈物」として「貝の火といふ宝珠」を貰う。とちの実位のまんまるの玉で、中に赤い火がちらちら燃えているのだ。ホモイは最初断るのである、「こんなものいりませんよ」と。だが、貰ってもらえないと私共は切腹しなければなりませんと言われて、しかたなしに貰う。「王さまのお言伝ではあなた様のお手入れ次第で、この珠はどんなにでも立派になる」と聞くが、ホモイは何を勘違えしたか、「僕は毎日百遍づつ息をふきかけて百遍づつ紅雀の毛でみがいてやりませう。」と言う。鳥から貰ったものを鳥の毛で磨くとは。善行を積めよということだろうに。

「おっかさん。何だかみんな変な工合ですよ。りすさんなんか、もう僕を仲間はづれにしましたよ。」「お前はもう立派な人になったんだから、りすなんか恥しいのです。」「そんなら僕はもう大将になったんですか。」「まあさうです。」という問答があって喜んだホモイは、言いつけられた仕事を「ふん、大将が鈴蘭の実を集めるなんてをかしいや」とむぐらにさせようとして「明るい所は無調法でございます」と断られて怒りだし、りすにさせるが、兎のお父さんは言う、「むぐらの家ではもうみんなきちがひのやうになって泣いているよ。それにこんなに沢山の実を全体誰がたべるのだ。」「お前はもうだめだ。貝の火を見てごらん。きっと曇ってしまってゐるから。」ところが珠は一昨日の晩よりももっともっと赤く速く燃えている。

この話の怖いところは此処だ。以後ホモイは、恐ろしい狐を手下にしたために、台所から盗んだ角パンを持って来る代わりに、鶏をとるのをとめてはいけないと約束させられる。むぐらをいじめる。その度に父は「お前はもう駄目だ。貝の火を見てごらん。砕けたぞ。」と言うが、その度に珠は前よりもいっそう美しく燃えている。「……

いなづまが閃いたり、光の血が流れたり、さうかと思ふと水色の焰が玉の全体をパッと占領して、今度はひなげしの花や、黄色のチュウリップ、薔薇やほたるかづらなどが、一面風にゆらいだりしてゐるやうに見えるのです。」ホモイは、高い高い錐のような山頂に片足で立つ夢を見る。

霧の朝、狐に動物園は嫌いですかと聞かれ、嫌いでないと答えると、狐はカスミ網を張る。ホモイが捕まった四羽を助けようとすると、「箱に手でもかけて見ろ。食ひ殺すぞ。」怖くなって逃げ帰ると、貝の火に白い曇りがある。一家で磨いても大きくなる。

夜中、ホモイは泣いて狐の網の話をする。お父さんは狐と決闘しようと三匹は樺の木の下へ行く。狐は逃げだし、鳥たちを助けるが、玉を曇らしてしまったと皆を家へ導く。貝の火はカチッと鳴って割れ、パチパチと煙のように砕け、ホモイはアッと倒れる。目にその粉が入って、玉のように濁って、全く物が見えなくなった。お父さんは言う、「泣くな。こんなことはどこにもあるのだ。それをよくわかったお前は、一番さいはひなのだ。目はきっと又よくなる。お父さんがよくしてやるから。」つりがねさうが「カン、カン、カンカエコカンコカンコカン」と鳴る。

これが「貝の火」。恐ろしい話だ。何者かが人間を試している。いやすべてを許すふりをして、彼が悪事を働くのを待って、奈落に突き落とす。罰する。恐ろしい話だ。賢治は何故こんな話を書いたのか。今の研究者たちは、賢治が題名の真上に、

と書いた事を取り上げて賢治の因果的自作解釈だ等とわけのわからないことを言うが、わたしは「雨ニモマケズ」手帳の「雨ニモマケズ」の次の次の頁に、

凡ソ栄誉ノアルトコロ
必ズ苦禍ノ因アリト知レ

とあるのが、この「貝の火」の主題と思う。栄誉を受けてはいけない、必ず苦しみ禍

いの報いが来るぞ、という自戒であったろう。ということは、慎み深い賢治も、自分を天才と思う時々があったのではないだろうか。しかし思ってはいけない、まして天才として振る舞ってはいけない、栄誉を得るなどはもってのほか、と自ら戒めたのだと思う。

一方、啄木には明らかに天才意識が強烈にあった。自分を天才と誇示してやまなかった。

日記に、小説に、彼は何度自分はナポレオンに似ていると書いたことか。天才どころか世界的英雄豪傑であった。

「名前は沢山にある。生まれた時は赤坊と呼ばれた、額の高い処から出額《でんび》とも綽名《あだな》された。海岸の夏の旅から帰って来た時は黒人《くろんぼ》と云はれた事もある。何処か似て居るとかで又ナポレオンとも呼ばれた。近頃は交通不便な林の中に居て美味物を喰はないから、痩せて血色が衰へて青瓢《あをふくべ》なる新名を得た。然し以上は皆他人から頼みもしないのに附けられた名許りであるが、時々必要に応じて自分の附けた名も

亦沢山ある。『夢想家』も其一である。」（林中書）

夢想家とナポレオンの落差、この二つの間を、遊ぶように、時には真面目に飛び移ろうとしたのが彼の一生ではなかったか。

処女小説「雲は天才である」において、十三、四から十五、六の年齢の青春の火盞《ひざら》に火箭《ひや》を飛ばす「日本一の代用教員」新田耕助の活躍――と言っても平凡と醜悪を教育者に鋳出したような校長と古手の教員を尻目に、我が作詞作曲した詩を生徒達に歌わせるだけだが――を描いて、野放図に自己肯定してから三年目、あらゆる小説に失敗してから書いたのが、次である。

「孝子は半年前に此学校に転任して来てから、日一日と経つうちに、何処の学校にもない異様な現象を発見した。それは校長と健との妙な対照で、健は自分より四円も月給が安い一代用教員に過ぎないが、生徒の服してゐることから言へば、健が校長の様で、校長の安藤は女教師の自分よりも生徒に侮られてゐた。孝子は師範女子部の寄宿舎を出てから二年とは経たず、一生を教育に献げようとは思はぬまでも、授業にもまだ相応に興味を有ってる頃ではあり、何処か気性の確固した、判断力の勝った女なので、日頃校長の無能が女ながらも歯痒《はがゆ》い位。殊にも、その妻のだらしの無いのが見るも厭で、毎日顔を合してゐながら、碌そっぽ口を利かぬことさへ珍しくない。そして孝子には、万事に生々とした健の烈しい気性―その気性の輝いてゐる、笑ふ時は十七・八の少年の様に無邪気に、真摯な時は二十六・七にも、もっと上にも見える渠《かれ》の眼、(それを孝子は、写真版などで見た奈勃翁《ナポレオン》の眼に肖たと思ってゐた。)――その眼が此学校の精神ででもあるかの様に見えた。」(「足跡」)

今までに書いたものは忘れたいと新しい覚悟で書き出した長編がこれだった。啄木としてはリアリズムのつもりで、この後、健の貧乏や煙草さえ切らしていることも書いたが、『早稲田文学』で「誇大妄想狂」と酷評されて、中断。

そのかみの神童の名の

かなしさよ　ふるさとに
来て泣くはそのこと

しかし翌年の『一握の砂』ではそれまで抜きがたかった天才意識は払拭される。天才、秀才、非凡なる人などは他人に与えられ、中でわずかに残るものも、今は神童などではないと、否定している。

浅草の凌雲閣のいただきに
腕組みし日の
長き日記かな

凌雲閣は明治二十三年に作られたいわゆる浅草の十二階で、煉瓦造り五十メートルの高さだったという。(大正十二年の関東大震災に倒壊した。)帝都制圧者を気取って、そのてっぺんで腕組みした日の日記の長さよ。ここには自分の天才を信じていた頃の自画像が、まだすっかりは色褪せずにある。

友がみなわれよりえらく見ゆる日よ
花を買ひ来て
妻としたしむ

これになるともっとはっきり、オレは天才などではない、歌はオレの人生の蹉跌の跡だという思いが強い。しかし逆にこう歌うことで『一握の砂』は成功した。

六　「日本一の代用教員」

――教師としての啄木――

啄木が教師をしたのは郷里の渋民村で、明治三十九年四月から四十年四月初めまできっかり一年の間である。その後函館でも教師をしたが、それはひどいことに新聞記者との掛け持ちであり、またほんの腰掛けだった。

明治三十九年三月四日に盛岡から渋民に戻ったのである。それまで三十五年秋と三十七年秋の上京は、どちらも失敗だった。一回目は都会の巷塵の中に行き暮れ病み倒れていたのを、父が寺の裏山の木を売って救いに来た。二回目は念願の詩集『あこがれ』上梓にこぎつけたが、この間に父が宝徳寺の住職を罷免されたので、啄木の前途は暗澹とした。東京から帰るにも金なく、仙台の土井晩翠夫人を騙して金を借り、一週間ほどの宿の払いまで押しつけた。自分の結婚式にも欠席する始末。石川家の没落を聞いていたろうに、節子の父が娘の婚約解消をしなかったのは不思議だ。よほど節子が啄木に夢中になっていたのだろう。それでも啄木は寺を追われた父母妹と新婚の妻と自分と五人の生活を、東京の与謝野夫妻のような詩人的生活として、盛岡で切り開こうとしたが、駄目だった。時代が違ったし、盛岡は東京でなく、啄木は鉄幹でなく、節子は晶子でなかったから。『明星』に代わる『小天地』は一号で潰れ、後には莫大な借金が残った。で、父は野辺地へ、妹はキリスト教の女教師にあずけ、息子を離れぬ母と妻と三人、渋民へ来たのだ。

街道筋の南から十軒目、斎藤佐蔵方の表座敷だ。

「不取敢《とりあへず》机を据ゑたのは六畳間。畳も黒い、障子の紙も黒い。壁は土塗りのまゝで、云ふ迄もなく幾十年の煤の色。例には洩れぬ農家の特色で、目に毒な程焚火の煙が漲つて居る。この一室は、我が書斎で、又三人の寝室、食堂、応接室、すべてを兼ぬるのである。あゝ都人士は知るまい、かゝる不満足の中の満足の深い味を。」

妻への鈍感さ。田園詩人ぶってもいる。が、どん底に落ちたという気持ちであろう。だから数日後、師の鉄幹に報じている、「人知らぬ逆運の鎖につながれて動きも成らぬ私」「実は一ヶ蒼白なる生活場裡の敗亡者に候」と。これからは詩筆をみがく、小説も書く、著述もする。教鞭もとる。「月給八円の代用教員！　天下にこれ程名誉な事もあるまじく候が、」自分のような立派な詩人が！という皮肉である。このように現実の直視からすぐに自己肯定に転じ、自己流の教授法をやる、イヤになれば何時でもやめることは承知させてある、私としては児童の心理研究をするのだ、村では信用も勢力もあるから、「たとえ俸給と席次が末席でも一村の教育に就いては、思ふまゝになる次第」と師に向っても虚勢を張り、大風呂敷を拡げてしまう。だからこそ逆境と貧乏にも負けなかったのかもしれない。

彼が教壇に立った渋民小学校は小さな学校で、高等科担任の校長、三、四年担任の古手の教員、一年生担任の若い女教師、それに代用教員の啄木だから、啄木は尋常二年生の担任で、がっかりしている。自分は読み方とか算術とかを教えるのでなく、自分の「心の呼吸」を故山の子弟の胸にふきこみたいのだから、十二、三歳から十五、六歳までの「人の世の花の蕾の最もふくよかに育つ時代」高等科の子供でなくては駄目だ、「尋常科の二年といえば、まだホンの頑是ない孩提《がいてい》に過ぎぬ」ではないか、と大不平だ。

「しかし、彼等の前に立った時の自分の心は、怪しくも抑へがたなき一種の感激に充たされるのであつた。神の如く無垢なる五十幾名の少年少女の心は、これから全たく我が一上一下する鞭に繋がれるのだなと思ふと、自分はさながら聖《たふと》いものの前に出た時の敬虔なる顫動《せんどう》を、全身の脈管に波打たした。不整頓なる教員室、塵埃にみち〳〵たる教場、顔も洗はぬ垢だらけの生徒、あゝこれらも自分の目には一種よろこばしき感覚を与へるのだ。学校は実に平和と喜悦と教化の大王城である。イヤ、是非さうせねばならぬ。」

二十五日に学校で怪我をして右の足が不自由になったが、チンバを引いて一日も休まずに出勤した。「生徒が可愛いためである。あゝこの心は自分が神様から貰つた宝である。」

「二十六日から高等科生徒の希望者へ放課後課外に英語教授を開始した。二時間乃至三時間位つゞけ様にやつて、生徒は少しも倦んだ風を見せぬ。二日間で中学校で二週間もかゝつてやる位教へた。始めの日は二十一名、翌日は二十四名、昨日は二十七名、生徒は日一日とふへる。
英語の時間は、自分の最も愉快な時間である。生徒は皆多少自分の言葉を解しうるからだ。自分の呼吸を彼等の胸深く吹き込むの喜びは、頭の貧しい人の到底しりうる所でない。」

「頭の貧しい人」とは校長のことだ。「余は余の理想の教育者である。余は日本一の代用教員である。」この「日本一の代用教員」は日記だけでなく、評論でも小説でもしばしばくり返している。その裏には自分は詩人で、詩人だけが真の教育者だという自信があった。

六月の初め父の宝徳寺再住問題から、村内の対立が激化し、「宗教、政治、教育の三方面に火の手をあげて渋民村を黒煙に包んでしまった。」このことは後述するが、フランス革命のようだと啄木は言う。ついで六月十日からの田植え休みに啄木は上京して新詩社に遊ぶ。(父のための運動もしたらしい。)

「近刊の小説類も大抵読んだ。夏目漱石、島崎藤村二氏だけ、学殖ある新作家だから注目に値する。アトは皆駄目。夏目氏は驚くべき文才を持つて居る。しかし「偉大」がない。島崎氏も充分望みがある。「破戒」は確かに群を抜いて居る。しかし天才ではない。革命の健児ではない。兎に角仲々盛んになつた。が然し……然し、……矢張自分の想像して居たのが間違つては居なかつた。『これから自分も愈々小説を書くのだ。』といふ決心が、帰郷の際唯一の予のお土産であつた。」

群雄の中から漱石、藤村を見抜く啄木の批評眼はさすがである。

「休暇中盛岡に行つて居た妻と、汽車に乗り合して、滝沢から下車して夏の木蔭の一里の路、閭門に入つて出迎ふ四五の児等を見た時は、十日の間忘れて居た或高潔なる感情の遽かに泉の如く胸に湧くを感じた。」

まだ新婚の妻の愛らしさ。子供に会ってよみがえる教師らしい気持。こうして書いたのが「雲は天才である」。むろん「吾輩は猫である」の模倣だが、吾輩は犬であるなどと比べると気がきいている。

夏には童話俗謡の調査、『小天地』の委託金費消の嫌疑で検事局へ出頭、お蒼前さまの祭。盆踊りに「教育者は、学校生徒は踊をおどつては可《い》けないと云ふ。しかし予――乃ち代用教員は、卑穢な歌は悪いが、盛んに踊るべしと教へた。踊は田舎一年中の最大快楽である。」自分も或る少女から単衣、帯、編笠を借りて踊ったという。ドイツ語を始め、小説の構想を並べる。十月には女教師の上野さめ子が去って堀田秀子が来る。「自宅で朝読を始めた。男女二十人許りの生徒が、夜のまだ明け放れぬ頃から、我先きにと集まつて来る。」学校では、「高等科の地理歴史と作文とを併せて受持つ事になつた。」学科担任制を始めたのだ。ここでも「高等科の生徒は非常に喜んで居る。予は代用教員として成功しつゝあるのだ。」という。

十一月には小説「葬列」を『明星』へ送った。するとお産のため盛岡の実家へ帰っている妻から手紙が来た。これは啄木の小説が夏子という「狂女」と或る精神薄弱の男の話なので――啄木は珍らしい話を書くのが小説だと誤解していた。――彼らのこ

となら こういうことも書けばおもしろい、こういう話もある、と言ったあと、

「…………いかに値ある御作なるべきかなど、早や自分のものの様に自惚気にも成申候、かくては私も、二つ並べて見劣りせぬ位の子生まねばならぬと思ひ居候。…………私は君を夫とせし故に幸福なりと信じ、且つよろこび居候、生るるは京ちやんにて候ふべきか。まちどほしく候ふかな。

十二月五日夕、なつかしき啄木様み許に。せつ子。」

後には啄木との生活のためにボロボロになる節子だが、まだ可憐な心の姿を啄木の日記に残している。

十二月始めには「林中書」を脱稿して、「明治の教育界に投ぐる爆裂弾！」と言った。父の宝徳寺再住に吉報が来たので、父の方がきまるのが先か、自分が「若きお父さん」となるのが先か、と待ったが、十二月三十日に京子が生れた。

ところが一月七日三学期の始業式には「予の代用教員生活は恐らく数月にして終ら

む。」とある。宮沢賢治もそうだが、生命の短い人は同じことを何年もしていない。内部にこうしてはいられない、早く早くとせき立てるものがあるのではないか。それと、実は渋民に来たには隠れた理由があった。林中でエネルギーを蓄え文学上の再起を計る、日本文明の革命のために教育の足を切る、だけではなかった。宝徳寺の住職を罷免された父の再住のためでもあった。これについては少し長くなるが岩城之徳(1)の説を引用する。

「さて啄木が故郷に帰ってまもなく、この不幸続きの一家にも思わぬ朗報が舞い込んできた。それは父親の石川一禎に対して曹洞宗宗務院より明治三十九年宗令第二号をもって、懲戒赦免の恩典が通告されたのである。明治三十九年三月二十三日の啄木日記にもこのことにふれ、「川口村明円寺の岩崎徳明より、曹洞宗特赦令の写し、送り来る。早速野辺地へ送る。」と記載されている。この通知は住職復帰の可能を意味するものであったから、青森県野辺地にいた父親は、この吉報を得て四月十日倉皇《そうこう》として渋民村に帰って来た。

啄木の父が宝徳寺を退去したあと、盛岡の久昌寺の住職海野義岳《ぎがく》の推挙で、下閉《しもへ》伊《い》郡船越村海蔵寺の徒弟中村義寛が代務住職として赴任して寺務一切を取扱い、三十八年十一月には正式に檀家総代名をもって、義寛の住職継目願書が岩手県第一宗務所長に提出された。しかし書類不備のため曹洞宗宗務院への提出がおくれていたとき、先住石川一禎の懲戒赦免が発令されたのである。

啄木の父が帰村したとき宝徳寺住職問題は右のような事情のもとに置かれていたので、ここに檀家間には中村義寛を推す一派と、石川一禎を推す両派を生じたが、関係者協議の結果ひとまず曹洞宗本山特赦の慈慮に従うことになり、一禎再住の件が決定し、岩手県第一宗務所へ提出中の義寛の継目願は撤回された。しかし宗務所で書類の調印を取消さずそのまま檀家総代に渡したので、中村義寛はこれを利用し、ひそかに反石川派の総代を煽動して、継目願書を直接宗務院へ提出、久昌寺の海野義岳や海野扶門の支援を得て、石川一禎追出しの工作を策したのである。

中村義寛の提出した願書は正式のものではなかったが、関係者の調印のある完全なものであったから宗務院に受理され、このため宗務当局も石川・中村いずれを許可すべきかその処置に悩み、一方檀家間でも義寛の運動が功を奏して再び両派に別れて対立、「爾後檀徒間ニ石川再住派ト中村推薦派トノ両派起リ、互ニ我意ヲ主張シ本院ノ手数ヲ煩ラハスコト尠カラス」（曹洞宗宗務庁所蔵「岩手県第一宝徳寺後住特選ノ件」）という紛争に発展し、さらにこの住職の地位をめぐる村内有力者間の争いとなり、これに結びつく啄木の小学校追い出しの工作など、まさに啄木の表現をもってすれば、「かくて我が一家を――つまり予を中心とした問題が、宗教・政治・教育の三方面に火の手をあげて渋民村を黒煙に包んでしまった。」という村全体の騒動に発展し、これが一年近くも続いたのである。

　しかし啄木の父は次第にそうした村の空気に堪えられなくなり、また赤貧洗うがごとき一家の生活を見かねてついに宝徳寺再住を断念、明治四十年三月五日の未明、家族に無断で家出して野辺地の常光寺に師僧対月を頼った。」

父の再度の家出によって復帰は不成功に終ったと岩城は言うが、駄目と見きわめがついたので父は家出したとも思われる。いづれにせよこれで啄木が渋民に居ねばならぬ理由がなくなった。その上月給八円ではいくら物価の安い田舎でも一家五人の暮らしは出来ない。十年も前に漱石が松山中学へ行った時独身で月給八十円であった。それから二度の戦争と物価の高騰がある。部屋代は払わず、漬物と味噌汁だけでも八円ではやっていけなかった。遊びに来た子供に、おいこの風呂敷を持って工藤さんから米一升取って来い、と命じても、一家で食べずに早く寝てしまう日もあったという。

「予の代用教員生活は恐らく数月にして終らむ。予は其間に出来うるだけの尽力を故山の子弟のためにせざるべからず。新春第一に先づ予の遂行せむとする計画二あり。生徒間に自治的精神を涵養せむとする其一也。兎角田園にまぬかれ難き男女間の悪風潮を一掃して、新らしき思想を些少なりとも呼吸せしめむとする其二也。

このためには、先づ「生徒間の制裁」を起さしむる必要あり。又愛《いと》しき子弟の数人を犠牲とせざるべからず。予は今日よりこれに着手したり。」

二の「男女間の悪風潮」とは夜這いの風習などであろう。それを止めさせ青少年の間に純潔の習慣を作ろうとしたのだ。それには懺悔を要求した。

「愛憐の情は油然として予が心頭に湧きぬ。『我も爾の罪を定めず、往きて再び罪を犯す勿れ。』!!! 然れども予は思へり、たとへ愛しき子弟の数人を、よしや、其犠牲とするとも、予は断じて此悪風を一掃し了らざるべからずと。これ実に唯一校の面目にのみ関するものにあらずして、其成敗は深く永く社会の推移を司配すべき問題なればなり。

目に涙充ち、声おのづから顫へる美しき愛しき自白者は続々として予の面前に立ちぬ。彼等は皆、殆んど噴飯すべき程の些細事に至るまで、自ら悪しと思へることは総て懺悔しぬ。而して極めて敬虔なる湿める眸をあげて、切に予のゆるしを乞へり。あゝ予は何の心を以てかよく彼等の雪よりも潔き心を罪に定めん!

一人あり、善吉と呼ぶ。年齢僅かに十二歳、学科の成績平常の素行極めて優等にして今、高一年の級長たり。彼偶々一女友のあやまる所となりて、近時較々幼年求学者の道を迷ふ。彼は今日一日、殆んど一語を発するなく、病める人の如く打沈みて、予の顔を見上ぐる事さへ能はざりき。夕刻となりて予は学校より帰り来れり。彼は直ちに駛け来つて予を訪へり。予の顔を見るや、彼が尽日の辛き悔悟は忽ちに発して滝の如き涙となりぬ。さて力ある言葉に懺悔すらく、『先生、私は悪うございました。』………」

学科の勉強だけでなく、児童を通して世の中を改良すべく働きかけている点がすごい。啄木は、彼の書くものによると、児童に対してほとんど絶対的支配者のごとく、ほしいままにマインド・コントロールもしたようだ。

一の自治的精神の涵養は、卒業生送別会を生徒の自治でやらせたことだ。校長は留守、天気はよしで生徒は喜んだ。接待係、余興係、会場係、会計係、皆生徒。生徒から出した委員長の招待状によって村の紳士貴女十数名臨席された。

「卒業生演説もすみ、来賓演説となつたが、互に相譲つて仲々出る人がない。突如、会場係長は立つて、「只今金矢さんのお話がありますから、皆さんお静かに」

と紹介した。郡参事会員金矢氏の狼狽した顔の面白さ、予は会場係長が、喰つて了ひたい程可愛かつた。……

予が特に、この日の会のために作つて与へた『別れ』の歌、高等科女生徒五人の合唱には、堀田姉のオルガン、予のヴアイオリンの伴奏で、この日最も美しい聴物であつた。」

帰りに役場に寄ると助役が、「今日の生徒の活動には涙が出る程うれしかつた。」と言った。啄木は誰に教わったのか、中学時代の経験か、旧制高校の自治を小学生にさせ、時代を先取りしている。

村の青年を集めて夜学を始めた。ところが木造のぼろ校舎、冬の寒風が吹きこみ、流感にかかって一週間ほど休んでいる。どれもこれも素人らしい教育を思いきってやった。

当時教わった子供が後で思い出を書いたり、座談会に出てしゃべったりしている。その一つ、昭和二十九年二月に、岩波の新書版『啄木全集』の別巻『啄木案内』のた

めの座談会に柴内栄治郎君が、

「ふしぎなことに少年時代ではありますけれども、割合にあの一ヵ年の教わった時代のことが現在もなお頭に相当残っているのでありまして、この點から考えますと、先生が偉大な教育者であり、大きな感化力をもっておられたというように私感じているわけです。それで今までの出版せられましたいろいろの先生の本などにつきましても、まったく私は拝見しておりませんので、ほんとうに十三、四歳のときに受けた記憶そのものより存じておらぬわけであります。」

とことわりながらいろいろ話している。高等科の生徒の希望者にナショナルリーダーで英語を教えたこと。作文は、

「私は偉いなと思ったのは、今日は先生が作ってみんなに見せようというわけで、題は何でもよいからお前等の方から出せといっていろいろなものが出たのです。

……お盆の近づいた日であったのでお盆のことについて書いてもらおうというと、さっそく黒板に書く、その文章が實に子供心にもよい文章であると思った。それをうつしたのが家にあった筈ですが――。」

この柴内君は家が好摩駅の近くだったので、駅前のポストに手紙の投函を頼まれた。行くと、その場で書く。部屋は夜具が隅に積んであって行李があって、小さな机、外国語を習っておられた。それから壁、障子、羽織の裏まで歌が書いてあった。学校に出勤する時、玄関から入ってくる姿は残っている、秋から春までは衿巻を二つに折って、片方に通して、紋付羽織、袴で、「多くはヴァイオリンを片方に持って、悠々と入ってくる。」『吾輩は猫である』にも寒月のヴァイオリンがしばしば登場するから、これは当時流行の最先端だったのだろう。

「先生はほとんどいつも同じ着物ばかりで、あかがついてピカ〳〵光っているのを着ている。ところがそのころ、東京に出かけられたと云う記憶がありませんが、休みにどこかに出かけて帰ってくると、新しいものを着てくる。これは有名でしたね。」

聞いていた野村胡堂が「端倪すべからざる男ですね。」と言う。容貌は目が凹んで相当眼光がある、青白く痩せたが、胸を張って威張って歩く。

学校をやめる時は子供たちにストライキをさせて校長を追い出し、自分も免職になった。教育の現状への不満を校長への不満として排斥して自分もやめる、詳細を日記にかくつもりで、空けておいて書かなかった。

柴内君はこんな風に記憶している。

「朝に私が登校し門から入ると、数名の生徒が校舎に入らんで、運動場の道路側の柵の所に立っておった。そこに、立花慶三という、相當できる生徒でしたが、この生徒が私等の所に來て、今日、一さんが、平田野に遊びに連れて行こうという話になっているから、行こうじゃないかという相談を受けた。それから、「辨當をどうするのだ。」と言うと「辨當を持って行くのだ。」と言う。私もそこに立っておったところ、だんだん集って、そうですな、三十人ぐらいになったでしょうか、高等科の生徒が、學校の始まるころでしたね、門を入って右側の隅に柵の壊れた所があった。そこから出かけた記憶があります。」

先生は後から来たようだという。

「小高い松の木が生えている野原ですが、そこに行って、相撲をとったり、いろいろ駈けまわって遊んでおったのです。昼になって辨當を食べた。あとはもう帰ろうじゃないかと言って帰ったのです。……しかしそのころを思い出すと、これはただ事じゃないといった気持はあった。私は學校に立寄らずに、その日は家に帰った。」

向うで歌（啄木作のストライキの歌）は歌った。自分のクラスの生徒だったら課外授業になってストライキにならないが、校長の受持の生徒を連れて行ったからストライキになった。その晩臨時村会が開かれ、翌日郡長が来て生徒を集め、お前達は三つの恩に背いた、天皇陛下、先生、親の恩だ、とひどく叱ったが、啄木が悠然とそっくり返って笑っているので、生徒たちは少しも怖くなかったという。

＊

教師としての啄木を知るための材料で日記に次ぐものは「林中書」である。盛岡中学校友会雑誌に出したこの書簡体のエッセイは、啄木の作物中十指の中に入るくらいの傑作だと思う。まず自分は盛岡中学の「七月児」なる半途退学者で最下級の校友、「今、みちのくの林中の草の根方に転がって居る石塊《いしころ》だ！」と名乗りをあげる。夢想家だが、「代用教員といふ最下級の教育家の一人」でもあるから、日本の教育について感想を書くと言いながら、日本文明の総批判をする。日露戦争に勝って一等国になったと自惚れる日本に、「戦争に勝った国の文明が、敗けた国の文明より優って居るか怎《どう》か？」と問う。イプセンも言うように、露西亜の農民こそ自由の民である。「日本人は近代の文明を衣服にして纏ふて居る、露人は之を深く腹中に蔵して居る。」トルストイは露西亜に生れた。華やかな明治の文物よりも幾度となく監獄の門をくぐったゴルキイの方が、文明の為めには祝すべきだ。露西亜は偉大だ。（これは啄木の持論で、三十七年の「渋民村より」でも「敗れたる国の文明果して劣れるか、勝たる国の文明果して優れるかと叫べるニイチエの大警告」に立派に応えてすぐれた文明を作ったビスマルクを讃え、比べてトルストイ、ゴルキイ、アレキセーフ、ウヰツテを有する戦敗国の文明に対して日本人は「後《しり》へに瞠若《だうじやく》たるの点なきや」だから今、天才が出現しなければならん、と言った。勝った日本より負けた露西亜が偉い、はこの頃から啄木の口ぐせだった。）今の日本人は、多弁にして自負心多き小児にすぎないと言う。わたしは啄木の文明批評家としての明に驚嘆する。三十七年の段階で既に日本人が「再び正義の名を借りて千戈を動さしむるの時に立ち至」ることも、その結果の大敗北も予見していたようなのだ。

自分の経験、学生としての煩悶は「教育の価値」を疑わせた、と啄木はいう。教育の真の目的は何か？　天才を養成することである。なぜなら世界の歴史から大人物を抜き去ったら、醜悪な死骸しか残らないから。

「教育の真の目的は、「人間」を作る事である。決して、学者や、教師や、事務家や、商人や、農夫や、官吏などを作る事ではない。何処までも「人間」を作る事である。唯「人間」を作る事である。これで沢山だ。」

ところが現在ではますます細分化が進んで、学者や、教師や、事務員や、商人や、農夫や、官吏を作ることは勿論、その中をさらに細分化して、例えば学者の中でも、日本文学の研究者を作ることとなり、その日本文学の研究者も時代に、ジャンルに、作家に、特殊研究に分かれ、その研究者の書くものも、同業の研究者を目当てに、研究者が読むためにのみ書くという具合に、完全にタコツボ化している。広い場所で、普通の人を目あてに書く、ということがなくなった。

啄木は教場で教材を教えるだけの教育者に反対し、その平均点主義に反対する。

「曰く、日本の教育は、凡人製造を以て目的として居る。日本の教育は、其精神に於て、昔の寺小屋教育よりも劣つて居る。日本の教育は、人の住まぬ美しい建築物である。別言すれば、日本の教育は、「教育」の木乃伊《ミイラ》である。天才を殺す断頭台である。」

木乃伊《ミイラ》とは血が通っていないということだろう。そして最後に、諸君に、と言って中学の後輩に、教育の足を切れ、足は小学校だ、小学校の代用教員になれ、とすすめる。

「曰く、「諸君が中学を卒業して他の学校に入らむとすれば、僅か百人足らずの定員へ何千人といふ応募者が現はれる。それらと競争して勝たうとするには、勢ひ百科全書的な勉強を少なくとも一年位やらねばなるまい。そんな下らぬ勉強をすると、かの怠惰者と同じく進むも退くも人生に些《いささか》の影響なき壊れた時計となるではないか。それよりは、今日本の小学教師に三万人の不足がある。此の不足は十五ヶ年の後でなければ補充する事が出来ぬと、恥かし気もなく当局者が云つた。何と諸君、諸君は此空席に向つて突貫する勇気はないか。そして予と共に、かの神の如く無垢《むく》なる、然も各々或る特長を具へた幾十といふ少年少女の顔を、教壇の上から一瞥して見玉へ。其一刹那に、諸君は、三十年の百科全書的勉強よりも優る、一の或重大なる教訓を得るであらう。そして或極めて厳粛な、恰《あたか》も神の審判の庭に引き出された様な感情の、渾身《こんしん》に漲り渡るを感ずるであらう。その時は乃《すなは》ち、諸君が一躍して『理想の戦士』といふ肩書を貰つて、天帝の近衛兵となる時であるのだ。どうか、諸君、諸君は伴食大臣よりも代用教員の方が豪いと感じないか。僕が斯《か》ういふと、諸君の大多数は恐らく大憤怒する事であらう。然し諸君、諸君に怒る位の元気があるなら、どうか壊れた時計にはなつて呉れるな。」

伴食大臣とは親分のお伴で大臣にありつく人間である。そして自分のことを、間もなく代用教員を止め、再びコスモポリタンの徒となって、胸に渦巻く考えを論文とか小説とか戯曲とか詩とかに書き分け、中学の西洋史の先生もし、俳優となって舞台から挨拶するかもしれぬ。そして最後には再び帰り来ってこの林中で代用教員をやる予定である、と言う。本音だろう。理想の学校でも作る時は寄附をたのむと諧謔して終っている。

教育とは天才と人間を作ることだと理想を示し、今の教育を倒すには足を切れと戦略を示し、教師啄木と革命思想家啄木とが萌芽としてイメージとして重なることを示したおもしろいエッセイであると思う。

＊＊

教師としての啄木の第三の材料は「雲は天才である」だ。日記に、

「七月になつた。三日の夕から予は愈々《いよいよ》小説をかき出した。『雲は天才である。』といふのだ。これは鬱勃たる革命的精神のまだ混沌として青年の胸に渦巻いてるのを書くのだ。題も構想も恐らく破天荒なものだ。革命の大破壊を報ずる暁の鐘である。主人公は自分で、奇妙な人物許り出てくる。これを書いて居るうちに、予の精神は異様に興奮して来た。」

とあるように、自分を主人公にして経験に尾鰭をつけて理想的に仕あげ、情熱的に書

いていったので、「書いて居るうちに、異様に興奮して来た」はさもあらんと思われる。小説はこんな具合である。

「この課外授業といふのは、自分が抑々《そもそも》生れて初めて教鞭をとつて、此校の職員室に末席《ばつせき》を瀆《けが》すやうになつての一週間目、生徒の希望を容れて、といふよりは寧《むし》ろ自分の方が生徒以上に希望して開いたので、初等の英語と外国歴史の大体とを一時間宛とは表面だけの事、実際は、自分の有《も》つて居る一切の智識、（智識といつても無論貧少なものであるが、自分は、然し、自ら日本一の代用教員を以て任じて居る。）一切の不平、一切の経験、一切の思想、――つまり一切の精神が、この二時間のうちに、機を覗ひ時を待つて、吾が舌端より火箭《くわせん》となつて迸《ほとば》しる。的なきに箭《や》を放つのではない。男といはず女といはず、既に十三、十四、十五、十六、といふ年齢《とし》の五十幾人のうら若い胸、それが乃ち火を待つ許りに紅血の油を盛つた青春の火盞《ひざら》ではないか。火箭が飛ぶ、火が油に移る、嗚呼そのハツ〱と燃え初《そ》むる人生の烽火《のろし》の煙の香ひ！　英語が話せれば世界中何処へでも行くに不便はない。たゞこの平凡な一句でも自分には百万の火箭を放つべき堅固な弦《ゆみづる》だ。昔希臘《ギリシャ》といふ国があつた。基督《キリスト》が磔刑《はりつけ》にされた。人は生れた時何物をも持つて居ないが精神だけは持つて居る。羅馬《ロウマ》は一都府の名で、また昔は世界の名であつた。ルーソーは欧羅巴《エフロッパ》中に響く喇叭《らっぱ》を吹いた。コルシカ島はナポレオンの生れた処だ。バイロンといふ人があつた。トルストイは生きて居る。ゴルキーが以前放浪者《もとごろつき》で、今肺病患者である。露西亜《ロシヤ》は日本より豪い。我々はまだ年が若い。血のない人間は何処に居るか。……あゝ、一切の問題が皆火の種だ。自分も火だ。五十幾つの胸にも火事が始まる。四間に五間の教場は宛然《まるで》熱火の洪水だ。自分の骨露《あら》はに痩せた拳が礑《はた》と卓子《テイブル》を打つ。と、躍り上るものがある、手を振るものがある、万歳と叫ぶものがある。完《まつ》たく一種の暴動だ。自分の眼瞼《まぶた》から感激の涙が一滴溢れるや最後、其処にも此処にも声を挙げて泣く者、上気して顔が火と燃え、声も得出さで革命の神の石像の様に突立つ者、さながら之れ一幅生命反乱の活画図《くわつぐわと》が現はれる。涙は水ではない、心の幹をしぼつた樹脂《やに》である、油である。火が愈々燃え拡がる許りだ。『千九百〇六年……此年〇月〇日、S――村尋常高等小学校内の一教場に暴動起る』と後世の世界史が、よしや記さぬまでも、この一場の恐るべき光景は、自分並びに五十幾人のジヤコビン党の胸板には、恐らく「時」の破壊の激浪も消し難き永久不磨の金字で描かれるであらう。」

こんな授業をしているのだが、本日六月三十日は校長の命令で不本意ながら授業は休み、出欠席の歩合を計算することになって、小使室に棲む校長夫人「馬鈴薯《じやがいも》に目鼻よろしくといふマダム田島の御機嫌をとった」結果となり、真につまらないことだという。教員室で皆が算盤の珠をパチパチいわせる音は、ダンテが地獄で聞いた「パペ、サタン、パペ、サタン、アレツペ」ではないか。啄木は『神曲』など何時読んだのだろう。校長の顔の醜悪を描いて、鼻下の八字髯の光沢が無いのは人物に活気のない証拠、鰻のそれの如く垂れ下ったのは向上を忘却した精神の象徴、「亡国の髯だ、朝鮮人と昔の漢学の先生と今の学校教師にのみあるべき髯だ。」後に「地図の上朝鮮国にくろぐろと墨をぬりつつ秋風を聴く」と歌って日本の朝鮮併合を怒り、朝鮮人を悲しんだ啄木でさえ、当時は世の朝鮮人蔑視を疑っていない。

さて小説はそういう自分が校長の許可などむろん貰わずに自作の詩を子供たちに歌わせているので、校長と古手の教員が教授細目を持ち出して文句をつけるのを、逆に言い負かす、若い女教師が味方して。子供たちも勿論味方だ。

こうして自分を英雄化するが、一人ではどうしても小説の幅が狭くなるから、別の英雄も立てる。それが後半で、独眼竜でヒョツトコ、しかし声はナポレオンの乞食が、紹介状を持って自分を学校に尋ねてくる。どうしましょうと言い顔の小使に「お通し申せ」と命じる。乞食なんぞを、とわめく校長夫婦を尻目に、乞食の話を聞く。

石本という八戸の男で、父が死んだという知らせに、乞食をしながら静岡の先まで帰る途中なのだ。彼は八戸の年のいった中学生で、自分の旧知の天野朱雲と親しく、その天野から、何とか力になってやってくれと手紙を添えてよこしたのである。天野とはこうこうして知り合い、こうして別れて来たと石本は語る。話の中で英雄が活躍する。

「天野君は確かに天才です。豪い人ですよ。今度だつて左様でせう、自身が遠い処へ行くに旅費だつて要らん筈がないのに、財産一切を売つて僕の汽車賃にしようと云ふのですもの。これが普通の人間に出来る事《こ》ッてすかネ。さう思つたから、僕はモウ此厚意だけで沢山だと思つて辞退しました。それからまた暫らく、別れともない様な気がしまして、話してますと、「モウ行け。」と云ふんです。「それでは之でお別れです。」と立ち上りますと、少し待てと云つて、鍋の飯を握つて大きい丸《ぐわん》飯《ばん》を九つ拵《こさ》へて呉れました。僕は自分でやりますと云つたんですけれど、「そんな事を云ふな、天野朱雲が最後の友情を享けて潔《いさぎ》よく行つて呉れ。」と云ひ乍ら、涙を流して僕には背を向けて孜々《せつせ》と握るんです。僕はタマラナク成つて大声を揚げて泣きました。泣き乍ら手を合せて後姿を拝みましたよ。天野君は確かに豪いです。アノ人の位豪い人は決してありません。……（石本は眼を瞑《と》ぢて涙を流す。自分も熱い涙の溢るるを禁じ得なんだ。女教師の啜り上げるのが聞えた。）」

ここでようやく本筋に戻っている。英雄があちこちに出現して、素朴な力強さはあるが、小説としてはまとまりのつけようがなくなる。これが啄木の小説作法だった。

自分は日本一の人物で、子供たちに慕われ、若い女の人望も得ている、これを書きたいが、自分だけでは足りないからもう一人、すばらしい豪傑を書き加えたい、これが啄木の小説の作り方だった。北海道時代のことを書いた「菊池君」がそうだ。『朝日』の校正係の自分を記者に直して書いた「我等の一団と彼」が題名からしても、そうだ。その結果は小説に核が二つ出来てしまい、統一した印象を結ばなくなってしまうのだが。

「雲は天才である」は、渋民という小天地に天下の英雄豪傑が集ってくる、そこを書きたかったのである。

それにつけても当時渋民のような田舎の村で、子供たちは新刊の、あるいはそれに近い小説本などほとんど持たないし、読まなかったであろうと思われるのに、そうでなかった。啄木は子供から借りたといって押川春浪著の英雄小説『新日本島』を読んでいる。(日記、四十年一月六日)

英雄美人が雲の如く集って、「東洋団結」の旗印の下、大活躍をする。「東洋団結」これこそ当時の日本の民権=国権論者の理想だった。東洋が団結して西洋の侵略に抵

抗するとは、後の「大東亜共栄圏」の元になった思想で、あれほどには思い上ってい
なかった。「支那海の南隅に新日本嶋あり、印度洋中に朝日嶋あり。亜弗利加東岸に
海光国あり。」それぞれ海南島、セイロン島、マダカスカル島のようである。「空中飛
行艇あり、海底戦闘艇あり、幾百隻の大戦艦あり。」第二次世界大戦のようである。
豪傑中の豪傑、大西郷は西伯利亜《シベリア》の怪塔に幽閉されている。この老英雄の救出される
時、豪傑たちは一斉に立って世界を粉砕するのだ。

啄木は、これは荒唐無稽の物語だけれども胸中清風を生ずるのは「男性的」だから
だ、自分も英雄小説を書きたい、が自分の書きたいものは武闘ではなく、「人間」「思
想するが故に生ける人間」だと言う。啄木流豪傑の根本は、世と戦う思想だった。
「雲は天才である」のねらいもこれだろう。

さて教師としての啄木に、どんな意味があるのか。戦時下抵抗の記録たる生活綴方
運動あるいは北方教育の先駆であるという評価をはじめ、さまざまな評価があるが、
啄木が素人らしい教育を思いきってやったことは、渋民という東北の僻村の子供たち
に新しい世界を切り開いてみせたのではないか。

上にもあげたギリシヤ、キリスト、ローマ、ルーソー、ナポレオン、バイロン、トルストイ、ゴルキー、負けた露西亜の方が勝った日本より豪い、だから日本に天才が出なければならぬ、……これらは子供たちに完全にわかったとは言えないが、さりとて全然わからなかったとも言えない。『文学のなかの教師』[2]という本の中にある、「新しい世界を切りひらいてみせた」という言葉が、啄木の仕事を語るには一番いいと思われる。

「教師は自分が、自分の手で苦労して耕やし拓いたもの以外を、本質的には生徒に与えることは出来ない。」(同上) 彼は机上の勉強だけでなく、生活を通して生きる上に大切なのはこれだと信じたことを子供たちに伝える、そのことで彼らに新しい世界をきりひらいてみせる、啄木もそれをしたのではないか。そしてこの二十六年の生涯中の一年間の貴重な体験は、逆に啄木にも影響して、その文学の養いになったと思う。

賢治も、教師をした。県立花巻農学校で、大正十年十二月から十五年三月まで四年四ヶ月の間。時代も違う、学校の性格も生徒の年齢も違うが、素人らしい教育を思いきってやったことは同じである。それはたとえば畑山博の『教師宮沢賢治のしごと』や、写真塩原日出夫、文鳥山敏子の写真集『先生はほほーっと宙に舞った』などに書かれている。例えば前者は、賢治に教わった生徒からの聞き書きを再構成したが、農業でも代数でも英語でも、ほとんど教科書を使わない授業だった。

土壌学は、波によって風のために、岩は土になる。土の堆積に植物が生える。動物が生れる。生きものたちが、生を生きて、やがて死ぬ。「死んだものたちの亡骸を土の層が包む。死ぬというより、もしかすると『休む』という方が、生命のありようとしては適当かもしれない。」土壌とはだから、生命のゆりかごのこと、だと賢治は言う。細胞核は、その中の仁は、地球が始ってからのずうっとの歴史を覚えている、と言う。これを覚えていたのは瀬川哲男君で、水素ガスの分子が一秒間に他の分子にアタックする機会は百億回、そんな細胞の集まりが人間だから、人間とは細胞が集ってやっているお祭りなんだ、と賢治は言う。鳥山らの本では瀬川君はこうも言う、人間は無意識から生れる、無意識が本当の生命の力だ、と宮沢先生は言った、と。どの話も科学と宗教の一致を暗示するようだ。その他自作の学校劇、野外実習、ダンス、レコード鑑賞、オーケストラ等々に力を入れた。

賢治は直接生徒に与えたのではないが、農学校教師時代を思って作った詩の下書稿「生徒諸君に寄せる」の一節に、革命がくる、と言ったあと、

諸君はこの時代に強ひられ率ゐられて
奴隷のやうに忍従することを欲するか
むしろ諸君よ　更にあらたな正しい時代をつくれ
宙宇《ママ》は絶えずわれらに依って変化する

といい、「新しい時代のコペルニクスよ」「新しい時代のダーウヰンよ」「新たな詩人よ」「新たな時代のマルクスよ」と、生徒たちの時代の来るべき天才たちに訴えかける。啄木が渋民の子等に、ルーソー、ナポレオン、バイロン、トルストイらを挙げたのと似て、新しい世界をひらいてみせたのだ。鳥山の本で、酒造りの川村与左衛門君は「雨ニモマケズ」と書いた壺を出して、「普通の酒も、この中に入れると特別の酒

になるんです」と言って大笑いしている。賢治や啄木に教わると特別な人間になってしまう滑稽《ユーモア》を語って象徴的だ。今年は生誕百年ということで賢治の元生徒たちも引張りだこ、「今日も粟餅だ」とニコニコ、テレビ・カメラの前に出てくる姿も親しい。鳥山の本に戻ると五内川佐君は、雨に降られた山からの退却に、鮭の缶詰を買って鮭ご飯作ってご馳走してくれた賢治先生を「お金のことなんか構わない人だからねえ、」と暗に批評した。こういう批判も交っていると本は楽しいし、この点はお金の無かった啄木とは正反対だ。時代の差、土地の差、子供の年齢差を考えると、教師としての賢治と啄木は五分と五分、互角というところであろうか。

（1）　岩城之徳『人物叢書　石川啄木』（一九六一、吉川弘文館）
（2）　国分一太郎・小田切秀雄・山下肇編『文学のなかの教師』（一九五七、明治図書）

七　北方行

石川啄木も宮沢賢治も北方への関心が強い。それは東北人として維新の際に西南雄藩に痛めつけられた記憶から、北方には自由がある、あるいは自由の友が居て我らを救ってくれる、という思いが、父祖から子へ伝えられた思いとして、あったのではなかろうか。だからロシアには、二人ともわりあい友好的である。啄木と日露戦争、賢治とシベリア出兵が課題となるゆえんだが、その前に、二人の直接の北方行を見てみよう。

○

啄木は明治三十七年十月、二度目の上京をする直前、小樽の姉夫婦を訪ねている。金策の為であろうか。が、その上京は、詩集は出したが、これまた失敗、父は宝徳寺の住職を罷免され、啄木は盛岡まで戻って雑誌『小天地』を出すがこれも一号で終わり、とうとう渋民へ戻って代用教員をし、かたがた父の復職を計るがうまくいかず、食っていけず、ついに一家離散して、北海道に妻子と母と自分の生活を開こうと、明治四十年五月から四十一年四月まで約一年間放浪した。これが啄木の北方行である。後に東京で友・金田一京助のアイヌ語調査をうらやみ、樺太で巡査をしたいと言ったこともあるが、まず上の北海放浪が主なる北方行である。

一年弱を函館に四ヶ月と十日、札幌に僅か二週間、小樽に約四ヶ月、そして釧路に二ヶ月半、最後に引き上げのため函館と小樽に二週間ほどいたことになる。

文芸同人雑誌『紅苜蓿』の仲間に迎えられた函館では、多くの友と友情を得た。中でも宮崎郁雨には後にいろいろ金銭面の援助を受けることになる。新聞社と掛け持ちで小学校にも勤めたので、若い女教員達を知った。中に橘智恵子がいた。函館大火に追われて移った札幌では、『北海タイムス』に入れず、二流の『北門新報』に勤めたので、すぐに転任運動を始めた。そのため、四五のエッセイと歌と手紙のほか残っていない。小樽では創刊された『小樽日報』の三面記者となったが、社内は内紛が続き、同僚の野口雨情は主筆に追われ、啄木は主筆を追い、代わりに函館の友、沢田信太郎を主筆に迎えたが、啄木自身は事務長に殴られて辞めた。だから年末年始を含む最後の一ヶ月は極貧の窮乏にあえいだが、そんな中でも細君と別れた沢田の後妻に、新聞に挿し絵を描く桜庭ちか子を周旋しようと連日奔走した。小樽ではいわば俗務に明け暮れた、といえる。しかし思想に触れた。年譜の明治四十一年一月四日に「この

日、小樽市内の寿亭における社会主義演説会に赴き、西川光次郎らの演説を聞く。」とある。日記では、

「西川光二郎君の〝何故に困る者が殖ゆるか〟〝普通選挙論〟の二席、何も新しい事はないが、坑夫の様な格好で、古洋服を着て、よく徹る蛮声を張上げて、断々乎として説く所は流石に気持よかった。臨席の警部の顔は赤黒くて、サアベルの尻で火鉢の火をかき起し乍ら、真面目に傾聴して居た。閉会後、直ちに茶話会を開く。残り集る者二十数名。予は西川君と名告合をした。

要するに社会主義は、予の所謂長き解放運動の中の一齣である。最後の大解放に到達する迄の一つの準備運動である。そして最も眼前の急に迫れる緊急問題である。……今は社会主義を研究すべき時代は既に過ぎて、其を実現すべき手段方法を研究すべき時代になって居る。尤も此運動は、単に哀れなる労働者を資本家から解放すると云ふでなく、一切の人間を生活の不条理なる苦痛から解放することを理想とせねばならぬ。今日の会に出た人人の考へが其処まで達して居らぬのを、自分は

遺憾に思ふた。」

後の啄木の思想の骨組みの部分が、周囲の人間への蔑視まで含めて、此処、小樽でルンペンの日の日記に出ているのがおもしろい。後から書いたのでなければ、思想はほとんど変わっていないのだ。

家族を小樽に残して単身赴任した釧路では、酒を知り、毎日のように料理屋へ飲みに行き、妻以外の女を知り、金を騙し取ったり、脅し取ったりするようになる。四十一年二月七日、弥生小学校時代の同僚遠藤隆が訪問、一緒に下宿へ帰って飯を食い、その勤めている第三小学校の内情を聞こうとするが、話さないので、社長に貰った時計を典じて料理屋喜望楼へ誘い、翌日、啄木は支庁へ行って第三小学校の事を談じ、校長その他二三を動かすとの言質を得、函館の友吉野章三を釧路へ呼ぶことにした。十三日にも遠藤は来た。鹿島屋へ。この頃は鹿島屋の市子が啄木のお目当てだった。この頃東京の植木千子と文通復活、封じてきた白梅を市子にやる。本行寺の娘〝三尺ハイカラ〟とその介添え役の看護婦梅川ミサホが近づいてくる。十九日遠藤を訪問。

一方、啄木は釧路日報の対立紙「北東」の記者横山分捕り案を日報のパトロン佐藤に話し、北東を首になった横山を「僕の方へ入社する事を決定した」とかってに決め、下宿の隣室に来させた。二十二日二月分月給二十五円貰うと、翌日知り合ったばかりの小奴に十円やってしまう。そして宮崎郁雨に「カホヲタテネバナラヌコトデキタ」と電報を打ち、三十五円、また十五円計五十円送らせる。するとすぐ市ちゃんに五円やってしまう。宮崎への手紙には「北東」を潰すため横山他三名の記者を引き抜く資金に五十円入用だ、社長が釧路に来ればすぐに返済するからと云った。家には全く送金せず、妻が泣く泣く訴えてくるとしぶしぶ十五円送っている。小奴にはだいぶやったらしい。

「小奴は予の側に座って動かなかった。酔ふて九時半頃解散。出る時小奴は一封の手紙を予の手に忍ばした。裏門の瓦斯燈の仄暗き光に封を切ると、中には細字の文と共に、嘗て自分の呉れてやった紙幣が這入って居た。小奴の心は迷うて居る。予は直ぐ引返して行って玄関をあけた、奴を呼んで封筒のまゝ投げて返す。」

少し後に啄木が釧路を去る際、小奴に無心したのは、少しでも取り返すつもりだったろう。その騒ぎの中、二十七日遠藤が来て鶤寅へゆく。二十八日「遠藤君が来て、第三小学校の改革に関して、記事を中止する事を申込む」これは二十七日に出してしまったのだ。

「驚くべき敗徳事件　果して真か偽か　獣の如き教育者あり」の見出しで、吾人は釧路第○小学校教員○○に関する一大敗徳事件の報に接した、もし事実ならば、彼○○なる者を愧死せしめ、統御の任にある者の責任を問わねばならない。「本社の探訪機関は即時行動を起して某方面に向へり。」「読者乞ふ之を数日以後の本紙に見よ。」というもので、内容の無い、脅しだけの、悪徳赤新聞とはこういうものかと思わせる記事だ。だから二十九日には遠藤から十二円八十銭送ってきた。三月一日にも社に「教員五名連署の記事中止申込が来て居た。」

こういう中にある自分を啄木は、釧路へ来て四十日、本を手にしたことは無い、しかし新聞記者として成功している、旗亭に放歌して芸者共にもてはやされ、夜は三時に寝て朝は十時に起きる、「一切の仮面を剝ぎ去った人生の現実は、然し乍ら之に尽きて居るのだ。」と肯定する。自分を失いかけていた。

そのうち、啄木を取り巻く男達（記者達）の嫉視排斥、女達の鞘当てが渦を巻いて動き出し、佐藤依川が梅川を奸したらしいこと、それに啄木と小奴の噂も人の口の端にのぼる、或る朝急に釧路が嫌で嫌でたまらなくなり、「北東」の小泉奇峯の不意の上京も刺激になって、逃げるように海路函館へ、家族を宮崎に託して、自己の文学的運命を開拓すべく上京する。これが啄木の北方行であった。生活の為に青春の加わった盲動だったが、後に自分の短歌を作り得た時、函館の友達も橘智恵子さんも小樽の貧しい人々も釧路の女達も、汚い部分は全部洗われ、昇華されて、純粋な三行書きの短歌となった事は、広く知られているだろう。

○

賢治の北方行は、まず大正十二年（一九二三）七月末から教え子の就職依頼のため樺太へ旅行した。これは前年の十一月二十七日の夜に死亡した妹トシの魂の行方を訊ねるためでもあり、挽歌詩群が生まれた。次に、大正十三年（一九二四）五月、花巻農学校の同僚、白藤慈秀とともに生徒を引率して北海道へ修学旅行をし、帰って「修学旅行復命書」を書いた。この二つが大きな北方行である。

大正十二年の北方行では、この頃賢治は手紙を書いていないので、詩（心象スケッチとしての詩）が残された殆ど唯一の自己資料である。挽歌詩群の一角を占めるもので、（あめゆじゅとてちてけんじゃ）の呪文に追われ、とびつくように松の針にあつい頬をあてる姿を反芻し、（おら　おかないふうしてらべ）を思い出し、半年経って、野原の風の中に立てば、「おまへはその巨きな木星のうへに居るのか」と問いかけ、大きな白い鳥に「兄が来たのであんなにかなしく啼いてゐる」と喜んだ賢治の「青森挽歌」である。

　こんなやみよののはらのなかをゆくときは
　客車のまどはみんな水族館の窓になる
（……きしゃは銀河系の玲瓏レンズ
　巨きな水素のりんごのなかをかけてゐる）

駅長の真鍮棒もみえなければ駅長のかげもない、にしても、大学の昆虫学の助手は車室いっぱいの液体のなかで、かばんにもたれて睡っている、にしても、そこらは青い孔雀のはねでいっぱい、車室の五つの電灯はいよいよつめたく液化され、にしても、まるで「銀河鉄道」なのだ。ただ夜汽車だけに外よりも内がよく見える。そこでジョバンニやカンパネルラが、どうしてこの汽車に乗ったか思い出そうとしたように、考え出そうとする。

かんがへださなければならないことは
どうしてもかんがへださなければならない
とし子はみんなが死となづける
そのやりかたを通って行き
それからさきどこへ行ったかわからない
それはおれたちの空間の方向ではかられない
感ぜられない方向を感じようとするときは

たれだってみんなぐるぐるする
そこでもう一度死の瞬間から辿って、最後に「あいつはどこへ堕ちようと　もう無上道に属してゐる」と言いきるのだが、その途中が「月夜のでんしんばしら」にも「氷河鼠の毛皮」にも似ているがなにより「銀河鉄道」に似ている。そこで一人さびしく乗った北行する夜行列車に、今度は二人楽しく将来を誓いつつ乗って南をめざすことにしたのが「銀河鉄道の夜」だと思われ、畑山博が言うように、大正十二年の賢治の樺太行きは、銀河鉄道始発駅を目指しての旅だったと想像出来よう。

一方、翌年の「修学旅行復命書」は美しい旅行記である。鶴見俊輔は、賢治は「自分の今いる日常的な状況そのものから、芸術の創造がなされなくてはならない」と考え、それを、「状況を理想化するという方向」むしろ方法で、作り出した、と言う。「イーハトーヴォ」が、「賢治たちの時代の貧しい現実の岩手県を機縁として、その個性的なマイナスをすべてプラスにかえてつくられた理想郷」であるように。そのような作られ方、「おかれた状況が芸術的に改作される過程をよく示すものの一つ」が、この「修学旅行復命書」だと言う。「復命書」だから、事実でなく、飾って書いたろう、とは誰も想像しようが、その飾り方が俗でなく、一定の方向になされ、さわやかで美しい。

小樽市での高等商業学校参観も、近代へ向いていたし、銭函附近の須具利を栽えた外国式農耕への興味も、歌集を贈り順次に各歌を合唱した車中の交歓風景も気持ちのよいものだ。札幌に着いて、植物園博物館で、「門前より既に旧北海道の黒く逞き楡の木立を見、園内に入れば美しく刈られたる苹果、青の芝生に黒緑正円錐の独乙唐檜並列せり。下に学生士女三々五々読書談話等せり。歓喜声を発する生徒あり、我等亦郷里に斯る楽しき草地を作らんなど云ふものあり。」は賢治その人の歓声のようだ。ここで植物の垂直水平両分布を学び、生徒は「園丁よりローンモアを借りて交々芝生を刈りて遊びなどす。」

夜、引率散策。初めて乗るボート、歌唄、「旅情甚切なり」も抒情的だが、翌日の札幌麦酒会社の見学、そのオートメーション化に驚嘆するが、今日の工業では茶飯事だろう、「工業と云ひ農業と云ふ勢力と云ひ物質と呼ぶ何物か思想に非らんや。」思想がすべてだと言う、これは賢治的だろう。「わたくしといふ現象は　仮定された有機交流電灯の　ひとつの青い照明です」(『春と修羅』序)すべてが現象だと言う賢治だから。農業の進歩は容易でないが、「長方形密植機の如き太陽光線集中貯蔵の設備の如き成らんか今日の農民営々十一時間を労作し僅に食に充つるもの工業労働に比し数倍も楽しかるべき自然労働の中に於て之を享楽するの暇さへ無きもの将来の福祉極まり無からん。」科学で救われる、だから旧態に甘んじてはいけないと云う。さらに北海道帝国大学、植民館を見る。科学による明るい未来の展望を見、過去の歴史の模型を見、本県にもこうした設備が欲しいと思う。北海道石灰会社が石灰岩抹を売るを見て、酸性土壌改良唯一の物だ、「早くかの北上山地の一角を砕き来たりて我が荒涼たる洪積不良土に施与し」草地にはクロバーとチモシーの波を、耕地には穀物を成らそう、と言う。言うまでもなく読者は後の東北採石工場の仕事を想起する。車窓から見る家についても、「早く我等が郷土新進の建築家を迎へ、従来の不経済にして陰鬱、採光通風一も佳なるなき住居をその破朽と共に葬らしめよ。」と言う。科学とハイカラ趣味が一致した明るさで、経済の事はまったく心配していない。さらに樹木や草などから成る農村の風景をさえ北海道風に変えようと言って、この報告書は終わる。

死後の妹を求める物語の始まり、そして趣味と科学とによって理想を描いて見せたのが賢治の北方行であった。共に後の仕事の基礎を作ったのだ。一方、現実の泥にまみれながら、後にその泥を昇華して蓮の花を咲かせたのが啄木だった。この二人が、たった十年違うだけで、盛岡の北と南と僅かの隔たりの地に生を享け、どこから見ても正反対の対照的な生と文学を残したとは不思議である。

八　わが従兄とスナイドル銃

・わが従兄《いとこ》
野山の猟《かり》に飽《あ》きし後
酒のみ家売り病みて死にしかな

『一握の砂』の「煙」の二にある。ふつう「煙」は作者幼少年時の回想で、その一は盛岡中学時代、二は渋民村小学校在学中の思い出と思われているようだが、今度読み直してみて、はたして〈回想〉であろうか、はなはだ疑問だと思った。

この歌は、わたしの従兄が、野山の狩猟（銃猟であろう）に遊び暮していたが、それにもあきたのち酒に溺れ、家を売って、病んで死んでしまったという。一家滅亡、農村衰亡の図で、その原因を狩猟と酒と病気に求めたのである。俗にいうノム、ウツ、カウに当る遊興で、啄木は決してほめてはいない。むしろ悲惨なことだと思っている。酒と病気はこの前後にも歌われている。

・田も畑も売りて酒のみ

ほろびゆくふるさと人に
心寄する日

「酒のめば　刀をぬきて妻を逐《お》ふ教師」も、「酔ひて荒《あば》れしそのかみの友」もある。

・肺を病む
極道地主の総領の
よめとりの日の春の雷かな

・年ごとに肺病やみの殖《ふ》えてゆく
村に迎へし
若き医者かな

「かの村の登記所に来て　肺病みて」もある。肺病だけでなかった、「小心の役場の書記の気の狂《ふ》れし噂」もあるし。

・閑古鳥

鳴く日となれば起るてふ

友のやまひのいかになりけむ

これも前後の事情から心の病いであろう。

このほかたった一例だが、戦争がある。

・意地悪の大工の子などもかなしかり

戦《いくさ》に出でしが

生きてかへらず

狩猟（鉄砲打ち）、酒、病気（肺病、心の病い）それと戦争が、人と村の崩壊をうながす。しかもそれは、啄木幼時の見聞や経験ではなく、今これを歌っている明治四十年代のことだった。つまり、いま農村はかく滅びゆく、と彼は歌ったのだ。すると「極道地主」という言葉だけでなく、小作料の減免を求める小作と地主の争い、いわゆる小作争議などもっと歌われてもよさそうに思うのは、読者としての我々の無知であって、そうしたことの起る前夜の状況なのである。だから啄木はもう少し後にはこう歌っている。

・百姓の多くは酒をやめしといふ
　もつと困らば、
　何をやめるらむ。　　　（悲しき玩具）

「わが従兄」の初出は、明治四十三年十一月の『スバル』である。その前年、校正係として勤め初めた朝日新聞を通しても知らざるを得なかった農村の事、農村人口の都会への流入と、資本主義化による小地主自作農層の小作人層への転落、やがては凶作によって娘身売りも出るようになる農村の崩壊を、ほかならぬわが故郷のこととして歌ったのだ。

そのことは、歌の表現を見てもわかる。

「酔ひて荒れしそのかみの友」は、昔は大人しかった友も、今は酔っぱらって暴れるようになったというのである。(「荒れし」の「し」は現在完了の強調であろう。)

またそれはこの章の構成を見ても言える。

・ふるさとの訛なつかし
　停車場の人ごみの中に
　そを聴きにゆく

冒頭の歌からして、故郷の訛なつかしく、ふと聞きたいと思い立ち、東京の北の玄関といわれる駅へ、言葉を聞きにゆく。「人ごみ」の語のすばらしさ。言葉は生活者の生のイブキ。イブキに触れたい。妻や母と語れば、と人は言うだろうが、妻と語れば母が黙り、母と語れば妻が不機嫌となり、人としての尋常な会話は出来ない状態で、無言ですませる毎日だ。それも生活苦からだ。こういう心の渇きを直視してふるさとを回復しようとする熱い思いが、この歌の基底にはある。

・やまひある獣のごとき
　わがこころ
　ふるさとのこと聞けばおとなし

ふるさとで毎日聴いていた雀の声をこの三年間聞いていないな、という歌がある。亡くなった先生が昔くれた地理の本など持ち出して見る、という歌がある。昔、小学校の板の屋根に投げ上げたぼくのまりはどうなったろう、という歌がある。帰りなん、いざ、田園まさに荒れんとす、故郷も荒れたろうが、病獣の如く荒れているのはわが心なのだ。

・二日前に山の絵見しが
　今朝になりて
　　にはかに恋しふるさとの山

もう郷愁はつきあげるようで、にわかにあわただしく帰郷する。その結果「をさなきこころひろへるごとし」となる。といっても、これは、幻の帰郷である。くりかえすが、明治四十三年現在の啄木の気持を歌ったので、決して幼少年時の再現ではない。

だから「わが従兄」も誰々と名を特定することはナンセンスであって、啄木の心中に浮んだ、あり得た従兄、ひょっとすると俗に化した自分なのである。啄木の歌の裏の事実を探そうとした吉田孤羊、それをさらに徹底させて事実探しこそ〝天才〟の天才たる所以を明らかにする唯一の道だと思いこんだ岩城之徳以来の啄木研究はまちがっている。彼の歌の場合、事実との照合はナンセンスで、仮りに見つけたところで、そんなものどうってことはない。「宗次郎に／おかねが泣きて口説《くど》き居り／大根の花白きゆふぐれ」も郷里の絵の一枚にすぎず、宗次郎、おかねに特別の意味はないのだ。

宮崎湖処子の「帰省」は明治のロングセラーだったが、「煙　二」はその啄木版、帰りたくも帰れないふるさとに想像で帰った物語である。そのことはこの集の終りまで、「ふるさとの土をわが踏めば／何がなしに足軽くなり／心重れり」「見もしらぬ女教師が／そのかみの／わが学舎《まなびや》の窓に立てるかな」から、「ふるさとの山に向ひて／言ふことなし／ふるさとの山はありがたきかな」まで、一貫している。

さらにそれは晩年の詩「家」、鉄道に遠からぬ故郷の村外れのわが家、バルコンに、庭の大樹の下の腰掛に、埃及煙草《エヂプト》をふかし、丸善から送られた本の頁を切り、つぶらな眼を見開いて聞きほれる村の子供を集めては、いろいろの話を聞かせる夢、へと延びてゆく。

荒廃する村には狩猟好きの男もいたにちがいないとは啄木の想像力の働きで、それは実際に十数年後に十歳下の宮沢賢治によって歌われた。賢治も啄木と同様、東京に憧れ、何度か東京に出て、東京で暮したいと思いながら、その度毎に父に故郷へ呼び戻され、東京と故郷との混合文化を、いわば宇宙的規模で作ろうとした人なのであろう。「地主」

水もごろごろ鳴れば
鳥が幾むれも幾むれも
まばゆい東の雲やけむりにうかんで
小松の野はらを過ぎるとき
ひとは瑪瑙のやうに
酒にうるんだ赤い眼をして
がまのはむばきをはき
古いスナイドルを斜めにしょって
胸高く腕を組み
怨霊のやうにひとりさまよふ

春の早朝の風景の中を、酒びたりの赤い眼をして、古いスナイドル銃を斜めに背負ったこの男は、けしてほめられてはいないが、……

この山ぎはの狭い部落で
三町歩の田をもってゐるばかりに
殿さまのやうにみんなにおもはれ
じぶんでも首まで借金につかりながら
やっぱりりりんとした地主気取り

この男は地主なのだが、裕福ではなく、首まで借金につかりながら、と同情されている。みみづく森や六角山やそれに続く丘の栗の木や麓の草地やはんの木や、桃色の春を叙べ、うなじを垂れて人は寂しく行き惑う、

一ぺん入った小作米は

もう全くたべるものがないからと
かはるがはるみんなに泣きつかれ
秋までにはみんな借りられてしまふので
そんならおれは男らしく
じぶんの腕で食ってみせると
古いスナイドルをかつぎだして
首尾よく熊をとってくれば
山の神様を殺したから
ことしはお蔭で作も悪いと云はれる

小作人たちは皆ずるがしこく、小作米はすっかり借り出されるしまつ、男は被害者なのだ、銃を持ち出して熊を打てば、それはそれで非難され、作が悪くなったから小作料は負けろと言われる、と賢治はいたく地主に同情的だ。それでも苗代は朝毎に緑金を増し、畔では羊歯の芽も開き、杉菜も青く盛りの春になる、

あっちでもこっちでも
つかれた腕をふりあげて
三本鍬をぴかぴかさせ
乾田を起してゐるときに
もう熊をうてばいゝか
何をうてばいゝかわからず
うるんで赤いまなこして
怨霊のやうにあるきまはる

賢治という人がよくわからないのは、この最後の八行の前半では、働く小作人たちの労苦を描いて今度はこちらに同情しながら、後半ではまだあの地主男に同情的なことだ。結局何を歌おうとしたのか、はっきりしない詩だが、賢治が地主をいちがいに否定せず、村ではすることもない彼らは、酒を飲むか、古い銃を持ち出して猟でもするしかないいな、と認めているのは確かのようだ。

スナイドル銃とは、明治維新の頃輸入され西南戦争にも用いられた、当時としても旧式な銃なことはまちがいない。また「がまのはむばき」とは、布製のゲートルでなく、蒲の茎の繊維を編んでふくらはぎを保護した粗末なもので、この二つが救いなのだ。

「なめとこ山の熊」の熊うち渕沢小十郎は、「生蕃の使ふやうな山刀とポルトガル伝来といふやうな大きな重い鉄砲をもつてたくましい黄色な犬をつれて」山々をのし歩き、沢々をこいで行く。これはもちろん許される。生業のためだし、銃も旧式だから。

ただ賢治にとって許されない場合もある。それは童話「注文の多い料理店」で、殺生をして遊興しようと田舎の山奥に鉄砲打ちにきた、都会のハイカラな若者である。

「二人の若い紳士が、すつかりイギリスの兵隊のかたちをして、ぴか〳〵する鉄砲をかついで、白熊のやうな犬を二疋つれて、だいぶ山奥の、木の葉のかさ〳〵したとこを、こんなことを云ひながら、あるいてをりました。

『ぜんたい、こゝらの山は怪しからんね。鳥も獣も一疋も居やがらん。なんでも構はないから、早くタンタアーンと、やつて見たいもんだなあ。』

『鹿の黄いろな横つ腹なんぞに、二三発お見舞まうしたら、ずゐぶん痛快だらうねえ。くるくるまはつて、それからどたつと倒れるだらうねえ。』

これは勿論山＝自然への冒瀆である。このあと二人の犬が死んで（実際は死ななかったが）、「じつにぼくは二千四百円の損害だ。」「ぼくは二千八百円の損害だ。」とその金額を競い合い、宿屋で山鳥と兎を買って帰ろうと相談する。それから「風がどうと吹いてきて」事件が起るのだが……。

似た情景は詩「真空溶媒」で、鼻のあかい紳士が馬ぐらいあるまっ白な犬をつれて歩いている。犬が逃げ出すと「あれは高価《たか》いのです」と追いかける。ただ銃は持っていない。のどかな春の郊外の散歩である。

これらから何が言えるか。賢治は都会の文明からさまざまなものを学んで郷里へもたらした。化学を、岩石・土壌学を、天文学を、仏教を、セロを、エスペラントを、浮世絵を、オペレッタを、写真・映画を、それらを故郷の大自然と交響させてイーハトーブ文化を作りあげたが、都会の者がイーハトーブへ来て、その基盤の大自然を破壊することは許さなかった。イーハトーブ文化の独立に固執するところがあった。彼が自分の童話や詩を強いて都会に売ろうとしなかったのもそれだろう。

猟銃は後に井上靖の「猟銃」に見るように、「チャーチル二連銃、生きものの命断つ白く光れる鋼鉄の器具」として、都会の男と女の荒涼とした心理風景を象徴するものとして文学史に再登場するが、それは啄木・賢治に関係ない。

わたしが言いたいのは、啄木の幻の帰郷と賢治のイーハトーブ文化の独立、二人の描く風景は方向は違うがどこか似ていて、大変あたたかいことである。

九　乗る汽車と見る汽車

——漱石と啄木と賢治——

漱石の「草枕」の最終章に汽車が登場する。

「一行は舟を捨てゝ停車場に向ふ。愈現実世界へ引きずり出された。汽車の見える所を現実世界と云ふ。汽車程二十世紀の文明を代表するものはあるまい。何百と云ふ人間を同じ箱へ詰めて轟と通る。情け容赦はない。詰め込まれた人間は皆同程度の速力で、同一の停車場へとまって、さうして同様に蒸汽の恩沢に浴さねばならぬ。人は汽車へ乗ると云ふ。余は積み込まれると云ふ。人は汽車で行くと云ふ。余は運搬されると云ふ。汽車程個性を軽蔑したものはない。文明はあらゆる限りの手段をつくして、個性を発達せしめたる後、あらゆる限りの方法によってこの個性を踏み付け様とする。一人前何坪何合かの地面を与へて、此地面のうちでは寐るとも起きるとも勝手にせよと云ふのが現今の文明である。同時に此何坪何合の周囲に鉄柵を設けて、これよりさきへは一歩も出てはならぬぞと威嚇かすのが現今の文明である。」

文明は個人に自由を与えて虎の如く猛からしめたる後、これを檻穽《かんせい》の内に投げ込んだので、文明の国民は鉄柵に嚙み付いて日夜咆哮している。汽車もまったく同様だ、と言う。

「余は汽車の猛烈に、見界なく、凡ての人を貨物同様に心得て走る様を見る度に、客車のうちに閉じ籠められたる個人と、個人の個性に寸毫の注意をだに払はざるこの鉄車とを比較して、――あぶない、あぶない。気を付けなければあぶないと思ふ。」

今日のナイフや銃を持った少年の犯罪から、民族浄化と云われる民族間の紛争、大国のエゴイズムのもたらすものにまで当てはまりそうな、つまり今日も有効と見える漱石の文明批評だが、現代の文明は個人に自由を与えながら、彼を物の如くに扱うからあぶない。そのあぶないの「標本」が汽車で、汽車は便利さ（自由）の反面、人間を物の如く積み込んで運ぶものだ。

「草枕」でも久一君を軍隊へ、そのまま満州の戦場へ送るための汽車がくる。

「轟と音がして、白く光る鉄路の上を、文明の長蛇が蜿蜒《のたくつ》て来る。文明の長蛇は口から黒い烟りを吐く。……蛇は吾々の前でとまる。横腹の戸がいくつもあく。……久一さんは乗った。……車輪が一つ廻れば久一さんは既に吾等が世の人ではない。遠い、遠い世界へ行って仕舞ふ。其世界では烟硝の臭ひの中で、人が働いて居る。さうして赤いものに滑って、無暗に転ぶ。空では大きな音がどどんどどんと云ふ。是からさう云ふ所へ行く久一さんは車のなかに立って無言の俟、吾々を眺めて居る。」

人間を、他の人間から引き離して不条理にも戦場へ拉し去るものが汽車である。平和の時も人間を物の如く運ぶことで、彼の運命を狂わせるものが汽車である。とすれば、漱石がそういう汽車に対してあまり良い感じを持たなかったらしいことは言うまでもない。英国に留学までした近代文明の申し子でありながら、その文明に懐疑と不信を拭いきれなかった漱石にとって、汽車は、人間の運命をもてあそぶ文明の怪物であった。「虞美人草」でも「三四郎」でも「それから」でも「行人」でも。

啄木でも、事情は殆ど変わらない。ただ年が若いだけに始めはもう少しブッキッシュであった。湖畔の詩人ワーズワースと共に美しき良き自然を、悪しき汚き文明の侵食から守りたいという。その文明を代表するものが汽車であった。

「故郷の空気の清浄を保つには、日に増る外来の異分子共を撲滅するより外に策がない。清い泉の真清水も泥汁に交って汚水に成る。自然の平和と清浄と美風とは、文明の侵入者の為に刻々荒されて、滅されて行く。髯の生へた官人が来た、鉄道が布かれた、商店が出来た、そして無智と文明の中間にぶらつく所謂田舎三百なるものが生まれた。あゝ蘇国に鉄道の布かれた時、ライダルの詩人が反対の絶叫をあげた心も忍ばるゝ。」

自然とは山川草木鳥獣魚虫のみではない。心も都会に犯される。

「山には太古のままの大木もあるが、人の国には薬にしたくも大きい小児は居なくなった。あゝ、大きい小児を作る事!これが自分の天職だ。イヤ、詩人そのものの天職だ。詩人は実に人類の教育者である。」

ワーズワースに習って子供は大人より偉い、と云い続けた啄木だが、この公憤は私怨に基づいていた、

「今日、小児らと共に寺の小僧が来た。無論他郷者である。自分は今迄これ位厭な人相を見た事がない。年は十八だとか。その又音声の厭な事。これも悪むべき侵入者の一人である。……この村の寺といへば、自分が十幾年の間育った所ではないか。その寺が今こんな奴の蹂躙に委せられてあるのかと思ふと、実に何とも云はれぬ厭な心持がした。」

さてこれらは、詩集出版後、盛岡での詩人生活に失敗、郷里渋民へ戻って父の住職復帰を計りながら、代用教員でもしようと思っている頃の日記だが、その数年前にも、詩人となるため中学を中退しての最初の上京、それに失敗し療養中書きためた詩集を出版するための二年後の二度目の上京、失意の帰郷などに、またその後も北海道流浪などに、汽車に乗る機会がふえるにしたがって、汽車は乗って楽しい、愛すべき乗り物となる。またそれにまつわる沢山の思い出を作り、後に短歌の季節が来た時それらを再生し、現実にはしていない幻の帰郷までも果たす。空想された汽車の旅の楽しさである。

何となく汽車に乗りたく思ひしのみ
汽車を下りしに
ゆくところなし

ふるさとの訛なつかし

停車場の人ごみの中に
そを聴きにゆく

汽車の窓
はるかに北にふるさとの山見え来れば
襟を正すも

かつての少年の日の青臭い批判などはみじんもない。漱石のように詰め込まれるという被害者意識もない。啄木にとって汽車は、乗るべくただ懐かしく、ただただ恋しい、自ら進んで乗る乗り物だった。

うたふごと駅の名呼びし
柔和なる
若き駅夫の眼をも忘れず

遠くより
笛ながながとひびかせて
汽車今とある森林に入る

何事も思ふことなく
日一日
汽車のひびきに心まかせぬ

これらは皆汽車に乗っているのだ。乗って、汽車の旅の無聊を楽しんでいる。或いは楽しめたらいいと思っているのだ。

汽車の旅
とある野中の停車場の
夏草の香のなつかしかりき

朝まだき
やつと間に合ひし初秋の旅出の汽車の
堅き麵麭《パン》かな

わかれ来て
灯火《あかり》小暗き夜の汽車の窓に弄《もてあそ》ぶ
青き林檎よ

それぞれに強い感覚、それゆえに印象の強い旅もある。

なつかしき
故郷にかへる思ひあり、
久し振りにて汽車に乗りしに

これも汽車に乗らずとも空想で作ったのであろう。とにかく啄木の汽車は、乗るため、乗って故郷に帰るためのものであった。

ところが賢治にとっては汽車は、乗るための物であるよりも、見るための物であった。

「二十六夜」で梟の坊さんが梟の罪業を説く。（その梟の経文中の「或は沼田に至り螺蛤を啄む。螺蛤軟泥中にあり、心柔軟にして唯温水を憶ふ。」を岡井隆が、ここは茂吉の「赤光」「田螺と彗星」の「とほき世のかりょうびんがのわたくし児田螺はぬるきみづ恋ひにけり」と符合すると指摘したものだ。）足を折られて放され、死に瀕しながらも説教を聴いている。

「梟の坊さんは一寸声を切りました。今夜ももう一時の上りの汽車の音が聞えて来ました。その音を聞くと梟どもは泣きながらも、汽車の赤い明るいならんだ窓のことを考へるのでした。講釈がまた始まりました。」

ここでは明らかに汽車を、それも夜汽車を外から見て居る。赤い明るい並んだ窓、どんなに美しいか、乗っている人間たちはどんなに楽しいか、と。

また「月夜のでんしんばしら」では電気の大将と名乗るぢいさんが言う、

「あ、いかん、汽車がきた。誰かに見附かったら大へんだ。もう進軍をやめなくちやいかん。」

ぢいさんは片手を高くあげて、でんしんばしらの列の方を向いて叫びました。

「全軍、かたまれい、おいつ。」

でんしんばしらはみんな、ぴつたりとまつて、すつかりふだんのとほりになりました。軍歌はただのぐわあんぐわあんといふうなりに変つてしまひました。

汽車がごうとやつてきました。汽缶車の石炭はまつ赤に燃えて、そのまへで火夫は足をふんばつて、まつ黒に立つてゐました。

ところが客車の窓がみんなまつくらでした。するとぢいさんがいきなり、

「おや、電灯が消えてるな。こいつはしまつた。けしからん。」と云ひながらまる

で兎のやうにせ中をまんまるにして走つてゐる列車の下へもぐり込みました。
「あぶない。」と恭一がとめようとしたとき、客車の窓がぱつと明るくなつて、一人の小さな子が手をあげて
「あかるくなつた、わあい。」と叫んで行きました。

ここでも夜の汽車を外から見ている。室内灯が消えているので列車の下へ飛び込んだ電気の大将。たちまち明るく灯った夜汽車の窓。乗っている子供も生き返ったように楽しく叫ぶのだ。

しかし何時も夜汽車を外から見るばかりとは限らない。「青森挽歌」の冒頭、

こんなやみよののはらのなかをゆくときは
客車のまどはみんな水族館の窓になる

これは列車を外から見ていると共に、内から見ているのだ。「やみよののはら」を行

く故に、内にいると外がほとんど見えないぶん、窓が鏡のようになって、内だけが見えるようになる。そんな夜行車の内なる風景なのだ。

今日SLが走ると聞くと素人カメラマンがわっと集まるように、汽車、特に夜汽車を見て喜ぶ子供のような賢治も、汽車に乗るようになる。実際もそうだったろうが、童話でも「氷河鼠の毛皮」、わけても「銀河鉄道の夜」がそうだ。ここではジョバンニは見ていた汽車に何時の間にか乗っている。往来自在の切符を持って。死者の列車。幻想第四次元の銀河鉄道に。そこで親友のカムパネルラとしばらく一緒に行き、別れる事で自分の道を見いだすのだ。

何時も汽車を見ていた賢治がそれに乗ったように、乗っていた啄木が汽車を見るようになる。それは「悲しき玩具」の、

曠野《あらの》ゆく汽車のごとくに、
このなやみ、
ときどき我の心を通る。

汽車を見ているのでもあるし、乗っているのでもある。いやいや正確には、自分が汽車そのものになったのだ。

曠野より帰るごとくに
帰り来ぬ
東京の夜をひとりあゆみて

の曠野が夜の東京でもあるが、そこを歩いていたわが心でもあるように、曠野行く汽車が、わが心の姿そのものでもある。

思うにこの汽車は、当時アメリカから輸入されて最新流行の映画の映像ではなかろうか。驀進する汽車の映像は超短編の活動写真にしばしば登場し、人気のあるシーンだった。しかも啄木が活動狂であったことは「我等の一団と彼」にも明らかだ。

漱石にとって汽車は人間が詰め込まれ、運ばれるもの。文明の利器であると共に凶器であるもの。啄木にとっても最初は都会文明を運んで自然を破壊するもの。やがては懐かしい故郷へ帰るもの。賢治にとっては特に夜汽車は美しいと見るものであったが、それらの役割はやがて交錯し自己と一体化する。そんな二十世紀詩人達の詩魂と汽車の関わりを考えてみた。

■賢治と啄木　初出一覧

1 **歌くらべ　①「竜と詩人」から**　『駒沢女子大学研究紀要』第三号、一九九六（「ふたたび啄木、あるいは賢治と啄木」より「一　賢治と啄木―「竜と詩人」を例に」　著者生前の構想メモ（以下同様）に基づき原題を改題。前文十六行を割愛）

②「東海の小島の磯」　『木蓮』二号、二〇〇〇-3（原題「歌くらべ、『東海の』」を著者のメモに基づき改題）

③「雨ニモマケズ」　『フロンティア』六〇号、二〇〇〇-春

2 **風貌姿勢―招待状と名告り合い**　『火の群れ』第六九号、一九九八-6

3 **青春と東京―精神をつかむ・勉強する**　『駒沢女子大学研究紀要』第四号、一九九七（原題「賢治と啄木―青春と東京―」を著者のメモに基づき改題）

4 **日露戦争とシベリア出兵　①「一兵卒」と啄木の日露戦争**　『火の群れ』第七四号、二〇〇〇-2

②宮沢賢治とシベリア出兵　『日本文化研究』（駒沢女子大学日本文化研究所）二〇〇〇-3

5 **天才**　『多摩歌人』第四一号、一九九八-夏（原題「天才―賢治と啄木―」を著者のメモに基づき改題）

6 **「日本一の代用教員」―教師としての啄木**　『駒沢女子大学研究紀要』第三号、一九九六（「ふたたび啄木、あるいは賢治と啄木」より「三「日本一の代用教員」―教師としての啄木」）

7 **北方行**　『火の群れ』六八号、一九九八-2（原題「賢治と啄木―北方行―」を著者のメモに基づき改

題)

8わが従兄とスナイドル銃　『火の群れ』七〇号、一九九八-10(原題「わが従兄とスナイドル銃―賢治と啄木―」を著者のメモに基づき改題)

9乗る汽車と見る汽車―漱石と啄木と賢治―　『黒豹』第三一号、一九九九-8

○今日の人権意識にてらして、不適切と思われる語句や表現については、著者故人につきあえてそのままとした。また、引用作品中の語句や表現については、時代的背景を考慮し、作品の価値をかんがみてそのままとした。(編集部)

あとがきに代えて

二〇〇〇年四月十三日（啄木忌）に亡くなった主人の部屋は、亡くなってからもそのままにしてある。その西側の本棚に、主人は大修館書店の細川研一氏からの葉書を、青色の丸い磁石で止めていた。隣りの本棚には、二百字詰めの原稿用紙一枚に、主人の字で、

①歌くらべ―「竜と詩人」から、「東海の小島の磯」と「永訣の朝」「雨ニモマケズ」

②風貌姿勢―名告り合いと招待状

と、⑩までの番号をつけたメモ書きが止められている。

主人が亡くなってこの部屋に入り、これを見た時、私は「これ、頼むよ」と言われているような気がした。

主人は、大修館書店から『賢治と啄木』を出版するために、準備を進めており、それがほぼまとまっていたが、亡くなってからしばらく、出版の話は途切れていた。

二〇〇二年十月、細川氏より改めて「大修館書店より出させていただきます」との連絡をいただき、今日の刊行に至ることが出来た。

大修館書店ならびに細川氏に厚く御礼申し上げます。

主人の本をお読み下さった皆様のご感想をおきかせいただけたら幸せです。

四月十三日

米田幸子

米田利昭（よねだ　としあき）
1927年1月6日、東京都に生まれる。東京大学文学部国文学科卒業。旧制大学院修了。宇都宮大学名誉教授。2000年没
主要著書『斎藤茂吉』（明治書院）、『土屋文明短歌の近代』（勁草書房）、『戦争と歌人』（紀伊國屋新書）、『歌人松倉米吉』（筑摩書房）、『石川啄木』（勁草書房）、『兵士の歌』（朝日選書）、『わたしの漱石』（勁草書房）、『戦没教師の手紙』（勁草書房）、『戦争と民衆』（沖積舎）、『宮沢賢治の手紙』（大修館書店）他。

賢治《けんじ》と啄木《たくぼく》

NDC914　256p　20cm

2003年6月15日　初版第一刷発行

著　者　米田《よねだ》　利昭《としあき》

発行者　鈴木　一行

発行所　株式会社　大修館書店
（101-8466）東京都千代田区神田錦町3-24
電話 03（3295）6231（販売部）／（3294）2354（編集部）
振替 00190-7-40504
［出版情報］http://www.taishukan.co.jp

印刷／壮光舎　製本／三水舎　装釘／山崎 登
Printed in Japan　ISBN4-469-22160-0